焼け跡の高校教師

大城立裕

集英社文庫

目次

焼け跡の高校教師

序　章

ただいまご紹介をいただいた大城《おおしろ》でございます。新郎新婦ともに初対面でありまして、じつは、新郎のお祖父《じい》さんの玉那覇《たまなは》幸仁《こうじん》さんが七十年ぶりに会う人でございます。七十年前に私は当時二十二歳で高校教師をしておりまして、そのときの教え子に幸仁さんがいたわけです。あまたいる恩師のなかで、私だけを招待してくださり、そして祝辞までも頼まれたことを光栄に思います。

いま普天間《ふてんま》高校になっている高校が創立当初は野嵩《のだけ》高校でありましたが、学校が野嵩から普天間に引っ越したので、普天間高校になりました。私は野嵩の一期生から四期生までを教えて、二年で退職しましたが、その二年間が私の人生のなかで、最も輝いていたのではないかと、いまでも思っています。二年目に一年A組の学級担任をさせられましたが、新郎のお祖父さんの玉那覇幸仁さんが、その一年A組の、席番号がたしか十七番でありました。……いま拍手をいただきましたが、それより嬉《うれ》しかったのは、この十七番ということに、幸仁さんが深く頷《うなず》いてくれたことです。ここで同時に思いだしましたのが、二年目の学芸会――つまりいまでいう文化祭でありますが、そこで演劇『青い山脈』をやったのです。ご存知の方も多かろうかと思うのですが、当時のベストセラーで石坂洋次郎《いしざかようじろう》原作の小説がありました。それを自分で脚色して上演しました。配役は三学年の全員から選びぬいたのですが、その劇のなかで、町の暴れ者の青年たちが四、五人出るのですが、その一人に幸仁君がいました。いま、はからずも君づけになりましたが、話しながら、当時の幸仁君を思いだしたからです。町の暴れ者と言いましたが、配役の青年たちは、だれもが可愛《かわい》らしい子供たちでした。じつは、先日新郎のお父さまが、今日の披露宴の招待状を持ってきて、挨拶なさったとき、『青い山脈』ということを仰《おつしや》ったので、とたんに懐かしい思いで、この祝辞のお約束をしたのですが、そのときまでまだ思いだせなかったのが、いまここでご本人とお会いして、すぐに思いだしたことがあります。

学芸会に出したこの劇は非常に評判を呼びまして、琉球《りゆうきゆう》新報の主催する演劇コンクールに出品しました。大人にまじってのコンクールへ参加することに、私は躊躇しましたが、新聞社が是非にと勧めるので、おそるおそる参加してみたら、なんとこれが一等になってしまったのです。参加した生徒たちもびっくりしたのは、言うまでもありません。劇が終わってから、新聞社の社長が成績発表をするあいだ、私たちは楽屋で待っていたわけですが、「一等、野嵩ハイスクール」と社長が読み上げる声が聞こえたとたんに私たちのあいだに歓声が上がり、そのときでした。生徒の一人が眼《め》をまるくして、「夢ではないかなあ、ヒヤー」と叫んだのです。このことを、いま話していて、思いだしました。その叫んだ生徒こそ、いまそこに座っていらっしゃるお祖父さんの幸仁さんだったのです。あの頓狂な声で叫んだ幸仁君だったとは。

どうも、いま話しながら、突然あの二年間のことを思いだして、涙もろくなってしまいました。なにしろ、私の生涯で最も輝いていた二年間だったと思っています。

今日は、よくご招待くださって、ありがとうございます。教え子たちのなかには、すでに亡くなられた方があることを、おりおり存じていますが、こうして思いださせてくださったことに、感謝します。新郎新婦、そして幸仁さんはじめご家族が、いよいよ健康でよいご家庭をお作りになられるように、お祈りいたします。

つい思い出話に流れてしまって、長々と失礼しました。

これから、ゆっくりとあの野嵩高校時代の、私の生涯で最も輝いていた時代のことを、思いだすことになりましょう。ありがとうございました。

荒野の青春

1

甘藷《かんしょ》畑《ばたけ》を切り取って学校敷地にしてあった。

東のほう、はるか向こうの眼下に太平洋が広がっている。つい三年前にそこに米軍の艦隊が群れて、容赦なく艦砲射撃をあびせ、このあたりにも砲弾の跡がいくつも生まれた。何年か後には不発弾処理という事業も生まれたが、戦後三年目という時点では、まだそこまではいっていない。不発弾などという懸念とは無関係に、学校の北辺に接した集落で、戦争を生き延びた人々の生活は流れ、この学校は歩きだしていた。

宜野湾村《ぎのわんそん》野嵩という集落の南の端に、二年前に学校が建てられ、コザ高校の分校とされたが、この一九四八年に独立して野嵩高校になった。分校として建てられた校舎はテント張りであった。テントは米軍基地からの払い下げである。屋根も壁もテントであった。柱はたぶんパイプであった。机や椅子は初年次の生徒たちに自分で造らせ、持ち寄らせた。

そこに私は国語教師として招かれた。そこに来る前は嘉手納《かでな》の米空軍司令部で翻訳の仕事をしていたが、諜報《ちょうほう》機関であったので、やがて仕事に倦《う》んできた頃合いに、教師に誘われたのである。

身分は教官補であった。大学中退なので、教官補という身分で、代用教員のようなものであったかと思うが、私はそれを気にしなかった。

前年に戯曲を二つ発表していた。処女作いわば私戯曲とでもいうべきもので、敗戦後の絶望のなかをどう模索して生きようかと考えているうち、あれかこれか対立する思いがあるので、戯曲という形式を選んだのである。

『明雲《めいうん》』と題したのは、夜明けの雲のようでもあるし、「明るい雲」という、いくらか両義的な意味も含ませたつもりで、この両義性が数十年後の私の文学の原点のようなものであったかもしれない。

場所は私の村をそのままモデルとし、主人公は私と同年くらいの青年で、復員してきて戦争未亡人の兄嫁との対話が主軸になる。その対話のなかで、戦争に負けてなんの希望もなくなり、これからどう生きようかと、話し合う。そのあいだに、村の青年たちが酔っぱらって無邪気になだれ込んでくる場面を入れたのは、社会描写の一コマである。

お手本のような文学作品に、倉《くら》田《た》百《ひやく》三《ぞう》の『出家とその弟子』があり、それにプロローグがあって、正体不明の人物が対話するのである。これをお手本にして書いたプロローグは、沖縄戦でよく使われた壕《ごう》のなかでのことである。二人の敗残兵がそれぞれに登場して、独白をする。最初の兵隊が、「戦争に負けて、これからどう生きようか」と、悶々《もんもん》と訴える。それが退場すると、こんどは他の兵隊が登場して、まったく退廃の口調で、「こうなったからには、世の中を面白おかしく生きていくだけだ」と、哄笑《こうしょう》して退場する。

そのプロローグで、素朴な形ながら、テーマを単純に訴えておいたが、問題は、結末のつけ方であった。作者としては、どうしても希望の持てる時代でないように見えた。それで、主人公に自殺させることを考えていた。

ところが、書いている途中で沖縄民政府文化部芸術課が脚本募集をしたので、それに応じることを思いついた。すると、絶望のあまりに自殺するというのでは、当選するまいと、すこし不真面目な野心を起こし、最後の幕切れは、「新しい生活のために、とにかく家を建てよう」と志し、斧《おの》だったか鋸《のこぎり》だったかを担いで、山へ行くという形に変えた。

そこで小高い丘に立ち、太平洋を見下ろして朗誦《ろうしょう》する。

「とりよろう　ふるさとの山登り立ち　国見をすれば　海原《うなはら》は鷗立ち立つ　国原《くにはら》は煙立ち立つ　うまし国ぞ……」

ここで原典の万葉集では「秋津洲《あきづしま》大和の国は」となるのだが、これを沖縄にするために、ひとひねりした。「みんなみのうるまの島は」と。

一幕の幕切れとしては、格好のついたものとなった。そのときの作者の思いは複雑なものである。当初予定した悲劇的な結末を翻して、希望をもつような形に改めたのは、たしかに懸賞募集を目あてにしての、あまり感心しない動機によるものであった。ただ、年を経て考えるに、作者の私はとにかく生きているのである以上、あのような結末で結構であったかと思うのである。

審査員がそこのところをどう評価したか知らないが、とにかく当選した。

戦後の文化の起《た》ちあがりを推進する行政で戯曲公募というのも珍しいが、伝統的に芝居の好きな沖縄の民衆の起ちあがりに、芝居復興が手っ取り早いと思われたのだろうか。当時の文化部が、戦争から生き延びた沖縄芝居の役者たちを公務員として採用し、「松」「竹」「梅」と名付けた三つの劇団を創ったのは、よく知られているが、それに上演させる目論見《もくろみ》を立てていたと思われる。ただ、募集要項には「沖縄芝居」と書いていないので、私は勝手に新劇を書いてしまった。

「沖縄芝居」と「新劇」とではまったく性格の違ったものであるが、そのことへの配慮が私にはなかった。結局、私ごときの幼稚な新劇がすぐに大衆演劇の舞台に乗るはずもなく、印刷もされなかった。

ただ、この若気の作品が懸賞当選したのであった。が、丁寧に写しを取ってあったのに紛失したのは、台風のせいか鼠《ねずみ》のせいか、募集当局であった民政府文化部芸術課でも探しようがなかったらしく、折角の処女作なのにと、残念でならない。

ただ、文名だけが新聞で公表された。こうして、文名がそこそこ出たところで、どこであったか奇特な村があって、演劇の上演を企て、脚本を依頼してきたので、あらたに『望郷』という題で一本書いた。上演されたかどうか分からないうちに、これも沖縄教育連合会の戯曲懸賞募集に巡り合って、応募、当選した。

軍作業に勤めながらのことであったが、なんとなく文名が出たところで、野嵩の学校の教頭がたまたま同じく中城村《なかぐすくそん》の出身であり、旧制二中での恩師でもあるところから、「文学」の担任にするために、誘われたのである。

ただ、二年間だけですよと約束した。大学は上海《シャンハイ》にあった東亜同文書院大学で、商科専門の大学であったから、敗戦で学校が閉鎖されたために中途退学をしたけれども、いずれはその向きの職業に就くつもりであった。戦後沖縄の社会情勢として経済関係の仕事がどこにどうあるかなどという情報については、まったく不案内で、かすかに琉球貿易庁という役所の名は聞いていたが、それは後のことにして、いまはただ、教職に就くことしか考えなかった。

給料は軍作業の半分になって、父から叱られた。父がもともと教員嫌いであったせいもあるが、月給の激減というのは、たしかに両親をがっかりさせた。

「軍作業」というのは、米軍基地で働くことをそう呼んでいる。普天間の集落に近い基地と嘉手納の集落に接した空軍基地とが姉妹のように近く、このころはまだ密着はしていなくて、その間に集落の民家や農地が点在していた。一九四九年に中国革命が完成したころから、米軍基地の接続、拡大の傾向を帯びてきたので、「軍用地」の強制接収とそれにたいする抵抗運動という政治問題も湧いたが、民間企業はまだ発展していないので、職場としては、農地をもった者の農業のほかは、「軍作業」がほとんどであった。

私も戦後に沖縄に引き揚げてきた当時は、米の増産を推進するための開拓庁という役所に勤めたが、前年まで上海にあった大学で中国語にかまけて英語を忘れていたので、英語の勉強のために嘉手納基地の軍作業に転職した。翻訳職だから、給料は最高給の六百円であった。

それが教員になって三百円に落ちたので、父に叱られたのである。

生活費にさほど響いたわけではない。父は県庁の職員で那覇《なは》に住んでいたが、昭和十九（一九四四）年十月十日の、いわゆる十・十空襲に焼けだされて郷里に引っ込み、農業に転向したのであった。母と二人で、山羊《やぎ》も鶏も飼っていた。私の収入がどれほど家計の足しになったたか。たとえば軍作業から教員に転じたとき、父に叱られたけれども、それはあながち家計に響くからということではなく、単に父に断りなくというほどの不満からであったと思う。

ただひとつ、こういうことがあった。さきにも書いた沖縄民政府文化部芸術課の戯曲懸賞募集で、一等該当なしの二等に当選し、五百円の賞金をもらったので、もちろん父母に渡したら、母が「これで山羊を買おうね」と言って、体《てい》よく巻きあげられたのである。

ついでに言えば、父が「本当は一等だったはずだが、たぶん予算がなかったのだろう」と笑った。それから三十年ほども後のことであったか、当時の芸術課長であった川平朝申《かびらちょうしん》さんにこの話をしたら、「実はそうだった」と答えられて、笑い話になった。さすが、元役人の親父《おやじ》だと思った。

それを思えば、同じ年であったか翌年であったかに、沖縄教育連合会の懸賞募集に二度つづけて応募して、いずれも一等当選した脚本、『或日《あるひ》の蔡温《さいおん》』と『望郷』が、ガリ版刷りで発行されたので、いまにいたるまで財産になって残っているのは、有難いことである。

当時、余談ながら一つの挿話が生まれた。中城湾に面した私の村に、十三号線と呼ばれる幹線道路が走っていた。学校のある野嵩と、隣接した普天間へは、集落から一旦そこへ出て、横切って山登りをして行くのであるが、ある日、いつものようにそこへ出たら、たまたま米兵のジープに拾われた。しばらく前まで職場にしていた、カデナ航空隊のA2とよばれる諜報機関の上役であった。私の村の南隣にある西原村《にしはらそん》に、小さな米軍住宅集落があるが、そこに住んでいるらしく、そこから嘉手納に通っているのであった。彼のコースは遠回りながら学校の近くを走っていたので、私は山越えをまぬかれ、遠回りだとはいえ、車で行けるようになったのは有難かった。それから、その時刻にそこに佇《た》って、拾われることになった。

ある日、彼がひとつ頼みたいと言った。

「民間の情報を、毎週一度くれないか」

私は承諾したが、民間の情報といっても漠然としているので、基地に勤めていたころの仕事が新聞の翻訳であったことを思いだし、こんども新聞情報を英訳して、彼にあげた。一か月経《た》って、「嘉手納では幾らもらっていたか」と訊《き》いてきた。六百円と答えると、ポケットから無造作に六百円を出して、くれた。領収書を求めることもしなかった。

ところが、それが半年もつづいたころであったろうか。「グロリア台風」と呼ばれて戦後史に残るほどの猛烈な台風が吹いたかと思ったら、彼のジープが通らなくなった。なんでも、西原の住宅が台風の煽《あお》りで潰されて、居住者が嘉手納の基地住宅へ引っ越したという話であった。

私の収入は元通りの三百円になった。三百円と六百円とを、わずか半年の間に行ったり来たりで、「人間万事塞翁が馬」という好例に、これ以上のものがあろうかというほどのことであった。

ただ、給料のことを度外視して、私にはひとつの理想があった。いま二十二歳、戦中世代として、自分の思想を国家に搦《から》めとられ、打ち砕かれたことへの恨みがあった。自分主体で物事を考えるべきことを、後続の世代に伝えたかった。基地での仕事がＡ２という諜報機関であったので、それに倦んだということもあった。それに比べると、高校教師はどれほどか高級な職業に思われた。

生徒と教師が似たような服装で、学校に通っていた。米軍払い下げの軍服のお古である。背広も黒やグレイの学生服も、戦争を経るうちに見えなくなった。翌年のことになるが、全島高校自治会という催しが、はるか南の島尻《しまじり》にある知念《ちねん》高校であって、私が生徒の代表を引率して行ったら、受付で「先生はいらっしゃらなかったのですか」と問われ、私はやんわりと、「私が引率してきました」と答えた。私は体格も貧弱なので、生徒なみに幼く見えたらしい。

服装も似たようなものであったが、顔つきもそれほど違わなかったのではないか。年齢差が、いちばん近いので六つ下くらい——つまり、私が二十二歳で生徒に十六歳の子がいた。戦争をくぐった後で、生徒のあいだの年齢差もばらばらであった。一年A組の級長、安里高治《あさとたかはる》は予科練を経ているから、年齢もいくらか年長の十六歳で背丈も高かったので、同級の生徒をよく統率していた。そのうち気がついたことに、同級生たちが彼の言うことをよく諾《き》く代わりのように、彼がいないと学級の授業のほかの仕事をなにもできないのであった。その年の学芸会で昔の蔡温という偉い政治家を演じさせたら、よく似合っていた。

教頭の比嘉《ひが》先生は国語、漢文の文検をとった人だが、二年生だけを受け持つことになり、私は一年と三年を受け持つことになった。

三年の最初の授業がはじまって、「起立、礼」と号令をかけた級長の顔を見て、私はひそかに緊張した。教室の左半分に男生徒、右半分に女生徒がいるが、みな目が輝いていて、級長である男生徒にはうっすらと髭《ひげ》の剃《そ》り痕《あと》さえあるではないか。いかにも大人の風貌で、これはかなわない、という緊張が走った。しかし、そのうち知ったことに、彼はまことにやさしく若い紳士であった。戦争のとき旧制中学の二年生であったという。

登校は楽しかった。

私の家は中城村字屋宜《あざやぎ》。太平洋に面している。そこから普天間へ通うには、先述したように十三号線を横切って山を登り、農道を通り、学校までほぼ一時間かかる。生徒の四、五人にまじって、談笑しながら山越えをして、田んぼを左手に見る農道を歩いて通った。バスはまだなく、車といえばトラックに便乗して遠回りするほかはないので、多くは山越えをした。

始業は八時半、授業は五時までで、生徒はむろん下校している。教師とても今日のような残業はなく、五時には下校するが、ときに運動部の生徒の下校に逢《あ》うことがあり、彼らと談笑してまた楽しい下校であった。

山を登りきったあたりに、初夏には百合《ゆり》の花が咲き乱れていた。

二年目に、授業で短歌を作らせたが、ある生徒が、ひょっとしてこのあたりの風景か、

「大いなる蘇鉄《そてつ》の蔭《かげ》に休めけり　百合採りに来て疲れし身体《からだ》を」

と詠んだ。

山越えをすると汗をかく。山を越えてから学校までは三十分近くかかるから、冬にはそれで風邪をひくことを用心しなければならなかった。私は冬にこそ着替えを持って登校した。

服装は生徒と私がまったく同じで、米軍払い下げの軍服のお古で、鞄《かばん》もさまざ

まな形の袋を提げていた。中身は教科書とノートと弁当だけであるが、弁当には二種類あった。「農家」と「非農家」との区別があるからである。

食糧は非農家には米の配給があるから、その子弟の弁当は米の飯である。が、農家には「食糧自給」とみなされて米の配給がない。いきおい甘藷を煮たのを持つことになる。

私にはこれが不満であった。職員室で隣席にいる前《まえ》田功《だいさお》先生は、一家が教員だけであるから非農家で、米の弁当を持っていて、私は羨ましかったものである。私の家族はもともとの農民でないが、それでも農家とみなされていた。昼休みになると私はときにふざけて、「さあ、お藷《いも》の時間にしましょう」と叫んだ。

同行の男生徒たちには、いろいろの話題があったが、あるとき「女生徒と一緒では恥ずかしいですよ」という声があった。おもに授業でのことであり、教師とのやりとりでうまくいかないと、女生徒に恥ずかしいというのであった。戦前は男女別学であったから、男女共学に変わって四年そこらでは、まだよく気持ちが切り替わらないようであった。そのことは女生徒のほうでも同じであって、むしろ女生徒の羞恥心のほうが強かったのではないだろうか。

たとえば手洗い所が教室の外のテント小屋であって、休み時間に女子用の前に仲間が監視役で立っているのであった。

私は独身であったから、とくに気をつけなければならなかった。男女共学とはいえ、おたがいの接触はむしろ遠慮がちで、恋愛事件などが起こりそうもなかった。それだけに、あとで触れるように、学芸会で演劇を共同でしあげる雰囲気は、なんのわだかまりもなく、むしろ新鮮な接触を生んだようであった。

授業で気にすることが、ひとつあった。私の癖で教卓の左側に立ったときは、教卓に右肘をのせて話をするので、いきおい女生徒のほうを向くことになる。それに気がついて向きを変えることが、しばしばあった。

私の担当は国語科であるけれども、名目は「文学」と言った。戦後に日本から切り離され、米軍に占領されて、その軍政府の干渉のきびしい時代で、沖縄はもはや国ではないのだから、国語と呼ぶのはふさわしくない、ということで「文学」と呼ばれた。ただ、私にとってはそれでよかった――というよりむしろ、ふさわしかったようなもので、いかにも文学青年らしい授業を好んでしたのである。

教科書は戦後にあらためて沖縄民政府文教部が作ったものだが、ガリ版刷りなのはともかく、その編集には苦労しただろうと思う。教科のすべてが同じ条件で、戦前のお手本の教科書がある場合もない場合もあっただろう。

その条件のなかで、初等学校から中等学校、高等学校の教科書を編集し、ときには時局にふさわしい教材を作文して、それを戦後三年間という短期間で発行した、沖縄民政府文教部の力量と努力には、頭が下がった。

ひとつ思いだすことがある。私の先輩に東京の美校（いまの東京藝術大学）を出た安谷屋《あだにや》正義《まさよし》という画家がいた。一九六〇年ごろか、戦後風俗がそろそろ伝説になりかけたころに、ひとつの提案を語ったのが、「教育」と題する彫刻であった。戦場から生き延びていくつかの地区に設けられた捕虜収容所に集められた民衆にとって、日々の食うだけの生活のなかで、まず求められたことの一つは教育であった。教具の一切を失った環境で、心ある人が試みたのは、木の枝で地面に字を書いて幼児に字を教えることであった。その像の彫刻を誰かが試みないか、というのであった。私は安谷屋さんからじかにそのアイデアについて聞かされ、二人して夢を持ったものだが、ついに奇特な彫刻家はあらわれないうちに、安谷屋さんは亡くなった。その挿話を、最近になって、私は新聞に短いエッセイのかたちで書いたけれども、反響はなかった。そのうちに、戦後風俗というものは忘れられてしまい、とくに「教育事始め」という神話が、ほんとうに神話に止《とど》まってしまった。

そのうち沖縄民政府が急遽《きゆうきよ》こしらえたガリ版刷りの教科書を一読してみると、なつかしい教材や新鮮な教材があって、胸が躍るような思いをそそられた。

私の教科の授業は単純なもので、まず指名して教科書を朗読させることから、はじまる。

しかし、はやくも躓《つまず》いた。第一課を読ませようとしたら、そこは終わりました、という声が生徒から出てあわてた。私が赴任する前に誰かがやったものらしかった。とっさに第二課の朗読をさせ、その間に私は大急ぎで頭のなかで教案を立てて、しのいだ。

この教科は教科書を下敷きにして、それだけを教えればよいのだが、物理、化学の担当は大変であったろうと思う。器材がまったくないのである。たとえば、化学で「リトマス反応」と言ったところで、リトマス試験紙のない環境のなかで、どのように教えたのだろうか。担任の教師に尋ねてみたが、捗々《はかばか》しい返事をもらえなかった。どうにかごまかして教えたのだろう。

「文学」の授業だけを進めればよいようなものだが、そうはいかなかった。ときに欠勤した教師の穴埋めを引き受けさせられた。私は喜んで引き受け、よもやまの話をして埋めた。戦争に追いまくられてばかりであった生徒たちに、私の持ちあわせの教養を押し売りのように話すのが、楽しかった。さいわい文学の教科の材料を見つけるには、苦労しなかった。巷《ちまた》に転がっている雑誌の切れ端に、めずらしく谷崎《たにざき》潤一郎《じゅんいちろう》の民話のようなものを見つけて、その紹介で一時間をつぶしたこともある。自分の学生時代のことを、面白おかしく話したこともある。同文書院でのこともあったと思うが、具体的な材料は忘れてしまった。それより、とくに力を込めたのは、旧制中学時代、軍国主義のなかでの標準語励行の話であったろうと思う。私が出た中学校は、教室が廊下より半身くらい高かったが、その外側の廊下を、軍事教練の教官が窓に近く小腰をかがめ、耳を窓にくっつけるようにして歩いている姿を、私は見たことがある。教室のなかで生徒が方言を話していないかを、探るためであったようだ。そういう時代の学校風俗の話は、きわめて珍しいことで、生徒に喜ばれたようであった。戦後に、そういう風俗は一掃されて、私などには、まったく羨ましいもので、それだけに私の野望は、軍国主義時代の悔いある青春の思い出を、彼らにできるだけ多く、伝えようとしたことである。

生徒はこのピンチヒッターの私の授業を楽しんでいる節があった。

一度、自分の戯曲作品の朗読をして聴かせた。私が二つ目に書いた『望郷』と題する一幕もので、前年にある懸賞に当選したおかげで、ガリ版のプリントになっていた。内容は、敗戦直後の熊本市内の闇市場で、疎開者のなかでうごめく若者たちが、絶望的な環境を切り抜けて、ひたすらいたわり合いながら、望郷の念に生き甲斐《がい》を託する、という筋書きである。さまざまな人物の声色を、女声もまじえて読みあげた。

「三郎《さぶろう》！」

と読みあげたとき、ドッと笑いが湧いたのは、島袋《しまぶくろ》三郎という名の生徒がいるからであったが、これはおそらく、偶然のことながら、私への親しみを築く上で、よい効果をもたらしたのではないだろうか。

三学年の各学年ともに五十名ずつの二学級であるから、全校生徒三百名である。教師は十二名。私は一年A組の級主任になった。

学校の周囲は甘藷畑である。「作業」という教科は藷掘りで、級主任が引率して間にあわせた。出席をもちろん取るが、出席簿を持っていくのが面倒なので、私は生徒の氏名を暗記して野外で出席を取った。教室の席の配列を想像して、暗記した。朝礼で整列しているのを視線で流して、欠席を確認するようになった。

いるべきところにいないので、欠席かと確認したら、別のところで手を挙げたので、場所を間違えるなと叱ったことがある。これは意外な効果をもたらし、生徒が私の言うことをよく諾くようになった。私の若い記憶力が思わぬ効果を生んだ。

2

五月にはいって校舎を移転することになった。

移転先は野嵩の北隣にある普天間の集落で、戦争の前に農事試験場があったところである。瓦葺《かわらぶ》きの建物が大小三つ、戦争から焼け残っていた。かつて農場であった広場をふくめて、学校敷地にするというのであった。おなじ敷地で、このほかに瓦葺きの家があったが、そこには軍政府と関わりのある英字新聞の事務所があった。小さな瓦葺きの一つに職員室をあて、残りの二つに教室をあてた。そのなかの一つは、ちょうど一学級がはいるほどの大きさで、もう一つは翌年には講堂に切り替えたほどの大きさで、それを幕壁で仕切って、二年の教室にした。

四学級分をあらたに建てなければならなかった。そのうち一年生の二学級分を、米軍基地からコンセットと呼ばれる蒲鉾《かまぼこ》状のトタン家をもらってきてあてた。

三年生の二学級分を、生徒たちが図工の教師の監督のもとに自力で建てた。これは大仕事であった。まず、萱葺《かやぶ》きにするかトタン葺きにするかの議論になった。戦後に復興した民家の屋根にこの二通りあるのだが、トタン葺きのほうが安上がりではある。萱葺きの場合、萱を刈ることからはじめるので、その労働力をそろえる難儀から出発するのである。ただ、トタン葺きは台風になると飛ばされるトタンが多いので、台風が過ぎたあとは、それの奪い合いが多い、という喜劇もあった。

五十がらみの用務員さんの話がおかしかった。彼は学校の片隅にある小さなトタン葺きの家に夫婦で住んでいたが、私がある日直の日に、お茶をもらいに行ったら、項《うなじ》にできものがあってうなっていた。

「台風の日でなくてよかったです、先生……」と言った。「台風のときにトタン泥棒に行って、トタンに当たって怪我《けが》をしたかと、言われますからね」

素朴すぎるほどの男の、きまじめな述懐がおかしかった。

教室の新築を萱葺きにしよう、と三年生の衆議が一決したのは、萱を刈る作業など、農村の生徒たちにとって、生活そのものだと言ってよかったからだ。トタン屋根では、夏の暑さがたまるまい。野嵩の南のもとの校舎の周囲は萱だらけである。そこで刈って運んでくることくらい、物の数ではなかった。

生徒を二分して、萱刈りと大工仕事に分けた。鋸と鑿《のみ》が必要であったが、生徒たちが工面してきた。図工の教師が設計、監督をして、柱を造り壁を造り、幾日かかけて建てる作業は、あいかわらず戦争の破壊から立ち直る作業で、自分の家を造ったのとおなじく慣れた者がいくらかいたはずである。木材はテント校舎を壊したものを、使えそうな分だけ担いできたほかに、基地からもらったものもある。机、椅子はみな自分で造ったものであったから、形はさまざまであったが、翌年卒業にあたって、これを後輩に譲ることになった。

建築に一週間ほどかかったであろうか。立ち上がった校舎を見上げる生徒たちの表情は、これがほんとうに自分たちの造った校舎かという、喜びに輝いていた。この建築作業が、彼らの学校への愛着を育てるのに貢献したに違いない、と私は思っている。校舎を生徒だけで建てたということを、彼らがどれほど誇りに思ったか、分かるというものである。

一年後、彼らの卒業式での、とくに謝恩会での興奮ぶりは忘れがたい。ほとんどの卒業生が我を忘れた様子で、多くが教師の胸に顔を埋《うず》めて、それこそ泣きわめいていた。

戦争で山を逃げまわっていた日々を思うと、それから生き延び、解放されただけでなく、あらためて学校にまで出してもらっての有難さ——それを思えば、教室さえ自分たちの手で造ったのだということが、ひとしおの誇りと喜びを覚えたはずで、その感慨ゆえに違いなかった。

校舎はなんとか建物のかたちになったが、黒板はベニヤ板に黒いペンキを塗ったもので、白墨《チョーク》は基地の荷物作業に使うものであったろうと思う。大人の親指より太かった。傷だらけの黒板に太い字を、いくらも板書できるものではなかった。教科によっては、とくに数学や図形の板書に苦労しただろうと思う。

窓に困った。ガラス戸などは思いもよらず、押し開く雨戸で間にあわせた。

窓といえば、思いだすことがある。

たまたま一人の教員が欠勤したので、その穴埋めを引き受けたが、その材料として社会主義、共産主義とはなにかを、講義したときのことだ。米軍支配下で、軍政府当局が左翼思想に神経をとがらせた時局であった。たまたまこの年に中国の革命戦争が終わり、共産党政府が誕生した。琉球列島の米軍政府は、本格的な反共、防共の指導体制にはいっていた。私が基地で翻訳をしているうちにも、たまに左翼思想を持った人物が日本から引き揚げてきたという情報があって、その家庭訪問を言いつかったことがある。私が基地勤務に倦怠《けんたい》を覚えるようになった動機である。

社会主義というものの知識は、この時代、これから生きていく上で、どうしても通過しなければならないことだろうと、私は考えた。戦中世代の一員として、後続の世代に自分の世代の精神体験を伝えたい、というのも、教師を志した動機であった。

私に熱い思いがあった。

私が学んだ東亜同文書院大学は明治時代に上海に生まれた学校で、中国の近代国家としての興隆、発展に日本が先進国として貢献しようという理念のもとに創られた。語学は中国語が主で、第二外国語に私はドイツ語を選んだが、これはいくらも身につかず、かえって、そのために英語を忘れていることがあった。戦後に学校が閉鎖になり、中退して引き揚げてきたら、英語をとり戻そうと志して基地勤務に走ったのであった。仕事は翻訳であったが、そのうち諜報仕事に倦んで学校教師に転職したのは、さきに書いたとおりである。自分が戦中世代として、国家主義に搦めとられて自分を見失った悲劇を後続の世代に伝えたい、と志したことも、教師に転職した動機であった。

その思いを、就職初日に朝礼がはじまる前に白紙に走り書きしたものを、うっかり置き忘れて朝礼に出たところ、私が挨拶に出る前に教頭がその紙を持って朝礼台に立ったかと思うと、私が書いたものを朗読したのであった。私の羞恥をよそに、教頭は創立草々の高校の生徒を激励するために、したのであった。

私がありったけの知識をかたむけて後続の生徒たちを励まそうとするエネルギーは、伏線が張られ、それが私についての予備知識になったであろうとは、想像できる。

読む本もほとんどないから、大学中退の頭のなかにストックされているだけのことしか喋《しゃべ》れないけれども、頭にあるありったけのことを勢いに任せて喋っていた。のちの話になるが、最高の秀才であった男が、長じて再会したときに言った。

「どうして、あれだけの知識を持ち合わせているのかと、感心しました」

山から下りてきたばかりの生徒たちは、ほんとうになにも知らないので、私が自分の教わった時代の教科書その他から得た知識を、頭の隅からほじくりだしただけであった。

左翼思想を禁じられて学生時代を送り、そのなかでもしかし、日本内地から離れた場所にいて、読書はいくらか自由であった。左翼思想は禁じられながらも知識としては頭のなかに沁《し》みついていて、それを肯定も否定もせずに後続の世代に伝えようというのが、私の幼い意欲であった。

「社会主義とはなにか。共産主義とはなにか。資本主義とはなにか。これからの時代は、いやでも応でも、その疑問に突き当たらざるをえない……」

喋りながら、ふと窓の外を見て、一瞬緊張した。アメリカ軍服を着た一人の男が歩いている。隣の英字新聞の事務所で働いている二世であると思われた。散歩しているだけのことかもしれないが、私の講義を聞いていないかどうか、懸念が走った。話の内容が危険思想に関わるものであることを、咄嗟《とっさ》に思ったのである。しかし、その一瞬だけのことであった。彼は教室を一瞥《いちべつ》しただけで去っていった。

3

職員室にあてられた建物は狭いが、十二名だけの職員を入れるには、偶然にもちょうどよかった。窓の外によく育ったガジュマルの樹《き》が、戦火を生き延びて、濃い影を落として職員室を見守ってくれているようであった。

校長が窓際にいて、その両隣に教頭の比嘉先生と体育の小橋川《こばしがわ》先生。それから奥へ、歴史の金城《きんじょう》、英語の呉屋《ごや》、これだけが年配の教師で、あとは若手で物理の島袋、生物・化学の古波蔵《こはぐら》、英語の伊佐《いさ》、数学の前田と机をならべ、その末席に私はいた。私の向かいに裁縫の若い桃原《とうばる》、家庭科の初老の女教師がいた。

初老の石川《いしかわ》先生は面倒見の良いおばさんであったが、そこにある日、たくさんの反物が届いた。食糧も衣類も売る商店はなく、すべて米軍からの配給にたよっていたが、この場合は裁縫の教材として学校に配給されたものであった。

それが白と赤の二種類であったので、そのどちらをもらうかは、希望しだいであったが、ほとんどの生徒が白をもらいたがった。石川先生は赤い布の始末に困ったようで、

「赤をもらうと赤ちゃんが生まれるよ」

と冗談を言った。そこで私がよせばいいのに、

「白をもらうと、白ちゃんが生まれるよ」

と混ぜっ返したので、居あわせる女生徒たちから、いやな顔をされてしまった。基地に近くアメリカ人の多い村で言うべき冗談ではなかった。

理科室などというものはなく、物理、化学、生物などの理科系の科目は、実験すべきものをも言葉で表現するほかはないのだ、大変だっただろうと思う。

このこぢんまりした空間は、創立まもない学校の雰囲気をまとめるのに、ちょうどよかった。教師は有資格者も私のような無資格教師もごったまぜだが、その教師たちも生徒も、新しい世界を切り開く体の活気にみちていた。

三年の萱葺き校舎と職員室とにはさまれるように、畑が荒れて萱の茂った広場があり、そこを運動場にするために萱を刈った。刈っただけでは運動場にならないけれども、三百人の生徒が気ままに遊び、ドッジボールなどをするだけで、じき運動場になった。その運動場がそれっぽくなったのは、バスケットボールのコートを造ったときである。体育の小橋川先生が日本体育会体操学校でバスケットボールを専攻したというのは、もっけの幸いで、校区の中城、北中城村《きたなかぐすくそん》は戦前から伝統的にバスケットボールに強いところで、そこから選手を大勢輩出するのは、目に見えていた。籠球台を正式に造るのは手数がかかるが、太い柱を一本立てて、リングをつける手間は、なんとかなった。リングを造るだけの鍛冶《かじ》職工はまだないが、そこは窮すれば通ずというか、伝統のある中城の小学校の運動場の周辺の畑を、選手が漁《あさ》って見つけてきた。そしてチームを作ってみると、予科練帰りで一年A組の安里高治がセンターになり、結構リーダーになった。

バスケットボールは、小橋川先生が朝鮮から引き揚げるときも、後生大事に持ってきていた。倉庫はまだないから、ボールは小橋川先生の机の下に置かれることになった。

いずれそのうち、他校との籠球試合があるはずで、曲がりなりにもその準備ができたようなものであった。

これでなんとか高等学校の道具立てはそろったのであった。

普天間という土地が基地とみなされたのは、そのころは三キロほど西にわずかに広がりはじめた米軍飛行場のせいである。

基地とは別に昔から名が通っていたのは、普天間宮のおかげである。西向きの校門を出ると、すぐ北側にそれはある。その裏には自然洞窟があって、末は海まで三キロほどもつづいていると言われている。それを守るような形でお宮はあり、そこを起点として、南へ普天間街道が延びている。その街道の両側に立派な松並木があって、二キロほど延びていた。十八世紀に蔡温という為政者が植えたと伝えられていたが、そのうち松くい虫の被害に遭ったために、みな切り倒されて、いまは私が作った校歌に、立地の表現として、お宮の名とともにとどめているだけである。

そのころは、普天間飛行場はたんなる飛行場に過ぎなかった。その北端から北へ二キロほど、伊佐浜《いさはま》とよばれる農耕地が広がっていて、その北に米軍総司令部をふくむ嘉手納基地が広がっていたが、飛行場とは一応は別の基地とみなされていた。それをつなぐ動きがあったのは、ちょうど戦後十年目にあたる一九五五年である。およそこのころに、軍用地料が安すぎるとして、いわゆる軍用地問題が湧きおこった。一坪の賃貸料が、コカ・コーラ一本の値段に過ぎないと言われた。その値上げ運動である。新規接収反対の運動も同時に起こった。

皮肉にも米軍の基地拡充の動きは、住民にかまわず膨れ上がり、伊佐浜では住民の抵抗をブルドーザーと銃剣で蹴散らすという動きもあり、それにたいして琉球大学の学生たちが命懸けで抵抗する、という反動も起きた。伊佐浜の接収通告があった日に、接収は実行されず、地主や応援の住民が油断していると、翌朝未明に銃をかまえた兵とブルドーザーの群れが襲ってきたのであった。

社会的には米兵による幼児暴行・惨殺事件が起き、それにたいして、法的な対抗をするだけの憲法体制がなく、治外法権が放置されたままであった。沖縄全体にそろそろ反米・祖国復帰運動が膨れ上がる。

しかし、私の教員時代には、まだそこまで先鋭な基地問題は起きていなくて、むしろ「米琉親善」という言葉も生まれるほどの、蜜月時代と呼んでよかったと思う。校歌を作曲した先生が「ジープは走る、ジープは走る……」という軽快な歌を作ったのも、アメリカを文明の指導者とみなす風潮の一つと言えるだろう。

学校にしばしばアメリカ人の女性が訪ねてきて、英語を教えたりした。教える相手は生徒に限らず、教員たちでもあった。ときたま、職員室でアメリカ夫人を囲んで、幼稚な英語の「お勉強」があった。私たちの学校に来た夫人は佐官級の主人を持っているとかで、自家用車の運転手も沖縄人を使っていた。

このような遊びに近い訪問だけでなく、あるとき、あれはドイツ人であったかと思うが、学術調査の女性研究者を客に迎えたことがある。

「戦争被害に見舞われた国は、よそにもあるが……」

と、調査の趣旨を述べた。

「その被害のなかに、少年少女の心的外傷がある。ところが、沖縄にはそれがない」

と言った。

それはなぜかというと、沖縄では幼児がいつでも母親の背中に負ぶさって育てられたからだという、仮説をもっている。

「この学校の生徒を対象に、幼児体験のアンケート調査をしたい」

というのが、来訪の趣旨であった。

この要請はたぶん受け入れられて、生徒がアンケート調査に協力したと思うが、その詳しい記憶が私にはない。

この学者が、米軍との対応をどのようにしたか知らないが、「戦後」の調査と「沖縄」をどのように結び付けたか、その報告書が世界のどこかにはあるはずでありながら、私にはたんなる戦後風景として映るだけである。

4

私は、一年生と三年生とで授業の方針を変えた。一年生は訓詁《くんこ》を教えたが、三年生には訓詁をさけて、できるだけ内容について、私のなけなしの教養を傾けることにした。内容探求の醍醐味《だいごみ》を探るのはしかし、二学期になって文部省から教科書が送られてきて、その『高等国語』という資源に接してからである。

作文を年間に五回書かせたが、すべて宿題にした。私が旧制中学で体験したように、五十分間の授業で書かせるという慣例を、ばかげたものであると考えた。作文の成果というものは所要時間とは関係ないと考えていた。私の中学時代の記憶から来ていた。作文の時間に、私が原稿用紙を前に思案しながら周囲を見まわしたら、同級生たちは書きはじめていた。けれども、私はあせらなかった。そして、時間をかけて構成をしっかり立てて書いたほうが、結果としての枚数も多かった。そして成績もよかった。

「筆の速度と内容の質の高さとは別ものである……」

というのが、私の当時から今日まで変わらない文章道の信念である。それで、宿題にして思う存分に書かせた。原稿用紙というものはまだなく、学習のノートも答案用紙もすべて基地から流れてくるザラ紙である。プリントの裏もあった。それに、どれだけの時間をかけても、どれだけの分量を書こうとも、自由であるとした。

万年筆もボールペンもまだなかった。鉛筆の作文に、私は思う存分に朱筆を入れた。朱筆というものが、たぶん赤鉛筆であったかと思う。いま思えば不思議であるが、どのようにして手に入れたか記憶にない。文房具屋というものがまだなかった。

提出させて採点し、返したあとに一時間をさいて、文章技術の講義をした。

「君たちの文章は、主語と述語が繋《つな》がっていない」

という講釈が主なことであった。

方言と標準語との無意識な混用を戒めるほか、文章作法の基本を教えた。ひとつの文章を書きだしてきて、途中で筆が止まったときは、次にどう書こうか考えているうちに、先に書いたことをすでに忘れていることが多いから、別のことを書いてしまう、というのが基本的な警告であった。それを避けるためには、つづける前に、もういちど冒頭から黙読してくること——それを教えた。なにしろ生徒たちは、戦火に追いまくられて、文章などとは縁遠い生活を、一年近く強いられてきた。山へ避難した者がいたので、「山から下りてきた世代」と私は冷やかすことがあった。その穴埋めを私の朱筆はつとめた。それで、卒業間際には日本語ではない文章がひとつもなくなっていた。卒業後にどんな事務に出合っても、文章に躓くことはなくなっていたと思う。

5

作文のテーマを、二年間の年度ごとの新学期に用意した。一年生と三年生に同じテーマを課した。

「終戦直後から戦後にかけて、あるときある場所での忘れがたい体験があったはずである。それを、誰が読んでも心打たれるように書きなさい。題材はなんでもよい」

と課した。

多くの生徒が、戦争を逃げ延びた経過を綿々と書き綴《つづ》ったが、その類型的な作品たちのなかに、二つだけ捨てがたい作品があらわれた。それらをここに紹介するのは、一編の創作のなかでは異例かもしれないが、要約するに忍びないからである。

山

一期生　米須《こめす》興文《おきふみ》

私の疎開先は九州でも山の多い地方で四方山に囲れた所であった。海岸からわずか七、八里離れたところなのだけれども、平野らしいものはなく、ところどころにほんのちょっとした平地があるだけで地面は凹凸がはげしく田圃《でんぼ》もほとんど階段式になっている。奥地に面した方には可成り高い山が連綿と連なり、其処《そこ》から十里程行ったところに、俗に豊後《ぶんご》富士と呼ばれる由布山が一段と聳《そび》えて高峰《こうほう》となり、威風堂々と付近の地方を圧してみえる。

これらの山々の中に巻龍山と云《い》う、麓から高さ七、八百米《メートル》位にみえる山が南の方向に聳えている。此《こ》の山は双児山で西巻龍山と東巻龍山とから成り、東側の斜面は、次第にゆるやかになって、なだらかな台地となり麓の小高い山に続き、西側の斜面は裾の方が樹木の生い繁《しげ》った森々にかくれ、それが平坦《へいたん》な地面と合したところに湯之平と云う一寸淋《ちょっとさび》しい温泉町がある。はるか後の方には久住山《くじゅうさん》と云うのがぼうっと霞《かす》んで見える。此の山は何でも随分高いのだそうである。此の巻龍山を初めて見た時、私は直《す》ぐ其《そ》の恰好《かっこう》と云い、周囲の景色と云い、中学二年で教った数学の教科書の測量の節に出ている山の絵に似ている事に気が付いた。あまりよく似ているので、私は此の山をえがいたのだろうと思い度々思いだしたように感心したものだ。此の巻龍山の麓を側《そば》の湯之平を通って、付近の森々を見えがくれに、鉄道が通っている。私の家はちょっとした高台の上にあったので朝などずらりと繋った汽車が白い煙を後の方へ靡《なび》かせて通るのがよく見えた。この様な時、私はいつも心の中でつぶやいた。「やあ本の中で汽車が走っている」と。

戦争が烈《はげ》しくなって沖縄に敵が上陸すると、其れに応ずるかのように、毎日毎日、友軍の特攻機があの山の上を、南の方をさして飛んで行った。或夕方、夜の幕が地上の万物を包もうとする頃、私が隣の子供と高台の林のはずれを散歩していると、数機の特攻機が編隊を成して、ふるえるような爆音を響かせて、私達の頭上を通り、山の頂すれすれに尾灯をちらつかせながら、飛んで行った。私は期せずして、故郷の戦場で悪戦苦闘をしているであろう人々の上に思いを馳《は》せた。其の時ふいに側に居た子供が「あの山の上から沖縄見えるか知らん」と云った。此の無邪気な発言に私は只《ただ》「うん」と答えた。子供はそれきり黙ってしまった。

弓の弦を引き絞ったような、張りつめた幾月かが流れた。其の間でも絶えず特攻機は、あの山の上で爆音と共に尾灯を明滅させていた。あのもの淋しい印象はいまだに頭から離れない。そしてさしも烈しかった戦も友軍の決定的な敗北となり、やがて大東亜戦争が終幕を迎えようとする頃から、今まで友軍機が飛んで行ったあの山の上を反対に敵機が飛んで来るようになった。あの不気味な爆音を聞き乍《なが》ら、私は故郷の基地から飛び立ったであろうこれら敵機群をにくしみとなつかしさの入り混った複雑な気持で見つめた。

間もなく日本は全面的に降伏し、高射砲音が絶えた本土の空へ、入道雲の湧き上る真夏の南の空から、あの山越えて、無数の米機編隊が地上を圧する爆音を轟《とどろ》かせてやってきた。頭上を通り過ぎた機群の爆音が次第に細くなって消えてなくなるまで今米機が飛んで来た山をじっと立ちつくしたまま見ていた。私は突如として望郷の念に襲われた。私は故郷に生き残っているかも知れない少数の人々の事を思った。砲弾で変り果てた故里の山河を想《おも》った。私は翼無きを悲しんだ。

それからの私は抑うるすべなき懐郷の病にとりつかれた。村の家々に淡い夕《ゆう》餉《げ》の烟《けむり》が立ちのぼる頃、夕やみ押し迫る高台の上に山を見つめたままじっと立っている私を付近の人々はよく見かけたに違いない。

山は相変らぬ姿を見せていた。

小石

二期生　小橋川慧《あきら》

僕が七つの時、十月の或日の夕方僕は何時《いつ》もの役目で京福《けいふく》中学から帰って来られる父を迎えに甲子町の方へ電車通りを一人、歩いていた。あたりはうす暗く、前の方に三角山が左右に羽をひろげた鷲《わし》の様なかっこうをしてうす暗く見え、あまりいい気持のする景色ではなかった。電車が通る他は人の通る様子もなく、でも時々総督府からの帰りの人が急ぎ足で僕を追越して行った。少し寒くもあったし半ズボンの僕はすこし泣きだしそうだった。実はその日は行きたくないのに無理に母にせかされて家を出たところなのだった。

甲子町の電車の終点の近くに三川ヤという雑貨店があり、その店のすこし行った所に曲り角がある。そこで父を待つ事になって居た。その三川ヤの前に、年は五十ぐらいで、日に焼けて色はど黒くなって居《お》りやせてはいるがとても元気な朝鮮あめうりおじいさんが居る。そのじいさんは何時も今頃まで飴箱《あめばこ》を前にしてさびしそうに坐《すわ》って居るのだがと思い中学生でも居ればねだってみようと思い、すこし元気を出して足を早めた。

三川ヤに近づいた頃あめうりじいさんのいつも坐って居る辺で人があつまって何かがやがやしているのに気がついた。僕も急いでその人だかりの方に行った。二十人ばかりの人達が何かをぐるっととり囲んで居た。人山のまわりを中の様子を見る様なかっこうで、うろうろして居ると急に大きな声が聞えた。

「馬鹿。なぜ道を歩きながら石を蹴ったりするか」あめうりじいさんの声だ。

僕はすぐ前に居たおじさんの横から中にわりこんだ。わり込んで見て、うしろの人がどんな顔をしているか見たかったたが、少しへんだったのでじっと前を見た。

　人だかりの真中にはあのあめうりじいさんと三人の京中生が立っていた。じいさんの前には大きなあめ切りはさみが投げ出されてあった。そして片手に小石を持って居り、口は非常な怒りのためわなわなと震えて居った。京中生の中できちんと服を着ている一人の者は、帽子を両手でもじもじいじっておった。そしてとても困った風に見えた。二人の者はどうしようかという様子で見合っていた。服をきちんと着てる人は時々じいさんを上目をつかって見たりした。

　僕のそばにめがねの兄さんが立っていたので、「兄さんどうしたの」と兄さんを見上げて聞いた。その人は僕を見下ろしてしばらくうるさいなという様な顔つきで見ていたがすぐ知らん顔をしてしまった。それから僕は誰にも声をかけずじいさんと京中生を見た。

「こんなに青くなっているぞ」じいさんは京中生の前に黒い足を出してみせ青くなってる所を指した。「すみません」京中生はあいかわらず頭を垂れ非常にいらいらしてる様だった。

その様子から見て道を歩いておった三人の京中生の一人が蹴った小石がじいさんの足にあたりそのあたりがひどく足が青くなったといってじいさんは怒ってるらしかった。そして京中生が再三再四あやまってもじいさんはゆるそうとしない様子であった。「君ら先に帰って呉れ」と二人に小声で言った。その時今まで足の青くなった所をなでて居たじいさんは急に、京中生の片手をぐいとひっぱって、そのきたない足をさわれといい出した。京中生はおとなしく言われるままに腰をかがめ、その青い所をなで始めた。

しばらくすると人だかりから一人のおばさんが出て来た。髪は只うしろでひもで結んであるだけで近くに住んでる巡査の奥さんらしい。

「よぼ（朝鮮人を呼ぶ時の言葉）」非常に強い声で言ってぐいとじいさんの肩を押した。じいさんはまげて居った腰をのばしておばさんを眺めたが何とも言わずおとなしくしていた。

「少しの事で何時迄《まで》怒ってるのか。痛いもんか。日本人にそんなきたない足をさわらして朝鮮人のくせに」じいさんにくいつく様につばをとばして大きな声で言った。そしてじいさんを頭から下まで何回もじろじろ見ていた。大きく息をしながら、そしてそばでじっとうつむいてる京中生をじろっと見て又大きな声を出した。「あんたらも何をぐずぐずしてるんだね。朝鮮人に足をさわれといわれたらはいといってさわるばかがあるかね。早くかえりなさいよ」京中生はしばらくもじもじしておったが「じいさん悪うございました」とぴょこんと頭を下げて人だかりから出て行った。「朝鮮人が、ふん」とつぶやく様に言っておばさんもどこかへ去った。

人だかりは一人去り二人去りして何時のまにか僕一人になった。先まであんなに大きな声でわめいておったじいさんは生れかわった様に静かになった。あたりは暗く三川ヤは明るく電灯がついておった。やがてじいさんは、足下のはさみをとり上げ箱をしまい車にのせ帰り仕度を始めた。「おい」後で大きな声がしたのでふりかえると父がにこにこして立っていた。「ごくろうさん。帰ろう。何見てたの」「うん」僕は何時もなら大声を出してとびつくのだが、只だまって父のあとについて歩き出した。

少し行ってふりかえって見た。じいさんはあめ車の前にしょんぼり坐っていた。とてもさびしそうに見えた。首を垂らして何やら考えてる様だった。一人者で何時もさびしそうに見えるが、その日はいつも以上にさびしそうに見えた。三川ヤの明るさでじいさんはなお可哀《かわい》そうに見えた。

次の日からじいさんはその三川ヤの前には現れなかった。あの大きな「すっちゃん、すっちゃん」というはさみの音も聞えなくなった。僕は今でも小石をけると、直ぐ「朝鮮人のくせに」と言われたあめうりじいさんの寂しそうな、やせた姿が眼に浮んで来る。

この二つの作文が抜群に優れていて、ひろく全生徒に紹介したかったが、ガリ版や用紙などは、職員室の需要を満たすだけしかなかった。

「山」の作者、米須興文君は卒業後にアメリカに留学し、のちに英文学者として、その博士論文を基にして書いた『イェイツの美学』がアメリカとイギリスの両方で出版され、一九九四年には小学館の『ランダムハウス英和大辞典』の編集委員に加わるほどに大成した。「小石」の作者、小橋川慧君もアメリカに留学し、こちらは心理学者として大成し、カナダに住みついているが、その講義を聴きに、アメリカ、カナダの学者たちが来た、という噂《うわさ》も伝わった。

その小橋川君の筆記能力は抜群であって、将来心理学者として大成する素質があったのだと、「山」の作者の米須君が言ったことがある。米須君は私の授業でノートをとる様子を見ていると、一時間のうちに字を五つ六つしか書かないようであった。

この二人が私の教え子のうちの最大の宝であるが、卒業後もそれぞれに同期生たちの信望をあつめているようである。

二期生を教えているうちに、十時間を割いて文学入門を講義したことがある。どこで見つけてきたか、手軽な文学案内の本を手引きにして、私なりに「文学とはなにか」というテキストを作った。本来の教科書をお休みにして、である。幸いなことに、義務として拠《よ》るべき学習指導要領というものがない。勝手なことを自分に許した。

この授業を、かの心理学者の卵の小橋川君は、病気で休んでいたために受けていなかったとかで、私の教材のノートを貸してくれと要請してきたので、応じたことがある。この話をのちに英文学者になった米須君にしたところ、これはやはり「原典主義」で、心理学者として大成する素質だったのだと言った。この二人は卒業してからも、英文学者が死ぬまで同志的な交友が続いていた模様である。

二年目には、前年とおなじテーマのほか、「春立つ心」という題で書かせた。

一年と三年とおなじ題を課した。新学期に誰もがいだくはずの抱負について書かせるつもりであった。そして、提出された作文に衝撃的なものを発見した。兄と妹が三年と一年にいて、二人とも級長であったが、期せずして二人が家庭のおなじ悲劇について書いたのである。

その兄妹の作品も、ここで紹介したい。

春立つ心

二期生　安里顕一《けんいち》

「ガチャガチャ。ガランガラン」

と鳴る音は、戸を叩《たた》きつぶす音と酒びんに茶碗《ちゃわん》のちょいちょいあたる音である。

「今日もまた酔払って居るのか」と独りごとを言って寝台の上に耳をすまして横になって居る者はその人間様の孫、長男である。

「この畜生奴《め》は座敷に眠りぼけて居るか。犬畜生奴。貴様はいくら、おれが子供は成長したら早く金儲《かねもう》けに出せって、言っても聞かん。気ままに遊ばして、体は馬鹿に太うて。お前はいくら言って聞かしても判《わか》らないならば、もう今日限りここより出ろ。さもなければ死ね！　お前は預りものだぞ、あほう」

と酔っぱらった体を、あっちぶっつけ、こっちぶっつけして、むごたらしく喰《く》ってかかり、時々煙管《キセル》を一層強く叩いてガチャガチャと、ききたくもない音をだす。まるで鬼の顔みたいに、いかりとばして居った。

「この畜生奴」と言われているのは彼の孫の母で孫達は現在兄妹三名、兄が高等学校三年、上の妹は同じく一年、下端は初校五年である。

憐《あわ》れな母、憐れな兄妹はこのような生活を、日一日とおくっていかねばならない状態に陥った。これも、あれも父亡きおかげである。たまらなくなって寝台からころがりおりて、薄暗いランプの前にうごめく酔っている祖父の前につかづかと接近して行くのは彼の孫である。

「祖父さん、お前さんは如何《いか》に云い聞かせても分からんのか。この前もあんなに朝食後、云い聞かしたじゃないの。後一か年の辛抱は最早《もはや》お忘れになったのか。後一か年もたてば自由に金儲けにも出られる私自身なのです。たとえ七十に近い身なりとも、孫らの、成功はお待ち遠いのですか。母でもこのような状態では、かえって昼の疲れは増す一方で、睡眠もとれない。いらぬしゃべりはよして眠れ！」とすこしは怒ったふりの彼はひとまずベッドに立ち戻った。

「何を云いやがる、親に似た野郎！　要するに俺の心配、苦労は知らぬのだ。貴様は孫でないぞ。軍作業出ろと云ったって、気ままにして、馬鹿野郎。おれを苦しめて、何がおれの孫か」

と蹴飛ばすように言い返した。

「よくもおっしゃったな。よくよく覚えておれ」ともろ声あげて孫ながら、どなりつけた。それから彼は母の居る所に、知らずに近づいて、ぶるぶるふるえて居る母を呼び出して門まで連れ立った。母はちょっと温順な人間で、このようなことにも一向にして云い張らない啞《おし》みたいな人である。

「お母さん。毎日このような調子ではとうてい、母ちゃんの体が保《も》たんから、また自分達も落ついて勉強できませんし、この機に乗じて早く母ちゃんの親の家にとう分、引越そうじゃないか。そうすれば妹のことでも自分たちが気ままに、あの残酷な祖父のカッテにならないで、あこがれの高等学校に入学させ得るのだ。ひ密に受験させたことが祖父母とも聞くと、どんなにおこるかも知らん。だから、勇気をだして、将来のことはまず考えないで第一に、引越そう」

と母をいさめた。

事実このむごたらしい、ふるまいは、およそ一か月は継続したであろう。そうして二、三日前から、このことに就いて考えて居った母は、そのとき既に決意を固めたのであった。早速あばれ狂う祖父につき進み「あなたのおっしゃったことは確かな話しだね。私達四名は出て行っても、さしつかえないかね？」と一口話しかけた。「よろしい」彼はどなった。

すばやく妹二人を叩き起こして「教育」と「頑固」との戦いの幕は、切って落とされた。食いかかる祖父母を叩きつけて少々の荷物が手早く母の親の家に運ばれた。

ゆくゆく夜の村の道は冷たく頬をなでる風はより冷たい。あたりは物音ない極めて静かなうし満刻《みつどき》であった。一番鶏《いちばんどり》は、この静かさを破って鳴きそうである。怒りも恐《こわ》さも、ふりすててただ正常な道をたどりつつあった。

荷物を運んで帰る途中、彼はふと何かを感じたらしくつぶやいた。「そうだ。私達は今から新しい出発だ」「頑張って新しい人間を築くことだ」

心身共に固めて二、三日は暮した。然《しか》し、時は丁度、三学期の最終の学期考査の最中であった。それだけの苦労ではないあらゆる事態は恐怖となって日々の生活に追いせまっていた。

今や一月は去った。やや落着いた。けれども連日の恐怖は物に例がとれなかった。荒れはてた五十坪余の土地は十日余りの休暇をついやした。

彼の学校の新学期は始まった。彼はここ一か月をふりむき、これより新しい束縛のない進路をきめたのである。

春立てば、かわいい新入生もにこにこで我々に迎えられる。そうして皆が新しい希望に燃えて出ぱつする。草木もこのこう機をつかんで伸び出《い》ずる。空も地も総《すべ》て若々しい気持ちを与えて止《や》まず、春の粧《よそおい》は誰しも頼みとする。大自然にはこの春以外に、我々に新しい芽生えをあたえるものはあるまい。

春日和の白い綿のようなふわふわした雲は、じっとして動こうとしない。自然に人里離れた谷底の水は清く、冷たく溜《たま》って松の根が側からひそかに吸い込む。その溜りの少し上から、ちょろちょろと滴る水はより清く目に映ゆる。

面白そうにさえずる小鳥。目だってきこえる 鶯《うぐいす》 のきれいな声。自然は人生に清い希望を与えてやまない。

ひとまず戦にかかった彼には、この今年中に二度とこないこの「春立つ心」を根に張って彼の胸の中に家内四人揃《そろ》っての新しい出発は最早目あてがついたらしい。

私の今までの出来事

四期生　安里恵美子《えみこ》

人間というものは何んと不思議なものでしょう。

片一方は毎月幸福な生活に、片一方は毎月汗水流して働いたって、そう毎日幸福な生活を送ることができないでしょう。

まず私の七年の時から今まで高等学校一年になるまでの出来ごとを述べて見ましょう。

七年の時の或る日のことです。受け持ちの先生が四時間後、出席をお調べになってから、

「今度から皆さんは、ハイスクールに受験できるのですから希望者は今、申し出るように」とおっしゃった。

私は希望は胸一杯であるけれども、どうしても祖父母が許されません。友達が受験すると云うのを聞くと、羨ましくて羨ましくてたまりません。

「仕方がないから、一人で一生懸命勉強しよう」と心を慰め乍ら、何時でもぼつぼつと勉強しました。

月日もたち七年の一か年生活は受験する人達を羨ましげに過ごしてしまいました。

今度は八年の時のことです。七年の時からぼつぼつ勉強したお蔭で七年の時よりも成績が良くなったようです。今年も又受験勉強が始まりました。

私達親子は止むに止まれず今度も祖父母に叱られるものと思いながら、ぱっと兄の口から願い出ました。私は祖父母が何といわれるかと心配で心配でたまりません。果して祖父は顔を真赤《まつか》に染めて、私達親子のいうのは耳に入れて下さいません。とうとう悲しくなって其の晩、机にしがみついて泣くばかりでした。考えてみれば祖父母のいわれるのも無理もありません。祖父母には四人の子供があって、一番年上の叔母さんはペルーから帰ってきてから、ずっと病気で何一つ仕事ができません。又、私の父は長男で今度の戦争で、熊本の病院でなくなりました。次男の叔父さんは八重山《やえやま》の徴用に行かれて帰られる途中に船が沈んで広い海で身を捨てられました。三男の叔父さんは長崎の鉄工場に行かれて、去った一九四八年の九月の中旬に帰られたのです。又、私の一番上の姉は戦争のために亡くなりました。祖父母も沢山の若者を亡くしてやっぱり気がくしゃくしゃするかもしれませんが、そんなに学問をするのをいやがっていられるのは本当に悪心だと思います。家では母が一生懸命働くので何一つ心配するのがありません。母は祖父母が受験させるならば自分はどんなに苦労しても子供の為《ため》に尽くしたいといわれます。私の為に学校の先生や村の区長さん方が心配されたということは既に知っております。先生は、わざわざ夜からも私の家にこられる途中に区長さんの話を聞かれて、又夜から帰られたということも知っております。こういう先生が自分の教え子をあくまでも勉強させるといわれる情熱は何時までもいつまでも忘れがたいものであると信じます。

月日もたち今度も受験勉強が訪れてきました。今度こそ皆と一緒に勉強しようと思って、皆と勉強しました。勉強中も何だか気がおちつきません。何時も祖父母に叱られはせんかと、家へ心は飛んでしまって勉強するのが何だか、わからないくらいです。

本当に私の心配は本人以外に誰が知ることができましょう。幸に今年は受験がなく後一か年中等学校として、学校に行けるわけです。然し私は後一か年を無事できるかしら、心配で心配でたまりません。八年の終業式も終り休暇となりました。私が休暇中に祖父に向って「後一か年学校をだして下さい」とお願いしました所、祖父は飲まれぬ酒を飲み込んで一晩中大声でどなりました。その時の私の出来ごとは誰が知ることができましょう。愈よ《いよい》先生にお別れの言葉もださずにこれで学校を止めるのかと思いますと、くやしくてたまりません。私の小さな胸は針にでもつつかれるような痛みがします。其の晩はしとしとと小雨が降っていて如何にも私に淋しい感じを与えました。お月様がおぼろに浮んでいます。私は泣いて泣かれず、戸口に坐っておぼろ月を眺め乍ら死んだ父と姉の顔がありありと浮んでくるようでした。父は私が一年の時から、たよりには「子供たちを立派な人物に作り上げるには高等学校をだして教育させよ。これが子供の母の責任です。この父が帰ってくるまでは、おじいさん、おばあさんやお前で教育させてください。お金はいくらでもおくってあげます」

このようなたよりが、くりかえしがえしくるのでした。父は祖父がいじ悪とは一寸も知らないのです。父は煙草《たばこ》も吸わねば酒も飲まない。それでお金は毎月一ぺん送ってくれました。その時、兄は国民学校の六年生で友達が受験するのを見ては淋しそうにしたりしました。こうして兄も祖父のために皆が行く所もゆけず、終戦後やっとハイスクールに入学しました。祖父は私の父の教育への熱い志をも知らずに、酒を飲んだりして私達親子を苦しめていました。然し私は少しも祖父をうらむことなく只私の家庭状況を書き写すのです。

気の弱い母には「もうあきらめてくれ」と二、三回いわれた。然し私の心がどうしても許してくれません。私は祖父がどうしても後一か年を出してくれないなら逃げてでも学校へ行くと決心しました。このようにして頑張ったお蔭で祖父も賛成してとうとう楽しい我が母校を二度と訪れることができました。この時の喜びは天も地も自分の物のようでした。

月日のたつのは早いもので、ジュニア一か年生活も過ぎ去りつつあります。一年のときから八年になるまで一日も欠かさず出席しておりましたが、ジュニアになってはじめて欠席しました。その欠席したのは母一人では「欠席させなくても、私一人で大丈夫です」と祖父に言うても仲々聞いて下さいません。とうとう欠席をしたのです。

祖父は未《ま》だ年が若く、仕事をやれば、私まで欠席しなくてもできるはずだのに……。

祖父は母に向って「お前と同じ大きさの体をした二人を止めさせないから、もっともっとこき使ってやるよ」といって、自分は野菜の手入れの外、何も仕ごとをしないのです。田さえ人夫を使ってたがやすくらいです。でも母は子供の教育の為なら自分はどうしてもいいという心から毎日一生懸命です。

愈よ今年も受験勉強が始まりました。私は今度こそ止むに止まれず、母と兄に相談して勉強をしました。その相談というのは「たとえ合格はしてもハイスクールへ行くことはできない」ということであります。この相談は親子の外ナイショでした。受験勉強のために毎日薄暗くなってから帰って行くと、祖父は目を光らして「早く帰ってお手伝いをしないのは何だ。女のくせにそんなに勉強したって役に立たない。女は十八、九で結婚して、よその人になるのです。今の中《うち》に一生懸命家の手伝いをやっておかなければなりません」とどなります。

祖父にこういわれるのをこらえて、父のたよりを胸にいだいて勉強を続けました。いくら勉強したって頭の悪い私には見込みがありませんが、私の心がいつも勉強へ勉強へと進めます。入学試験が間近となりました。家では勉強大敵がおりますので外のおばあさんの家で勉強しました。愈よ期日が明日に迫ってきました。この二日間、母は祖父に知られないで弁当をこしらえてくれました。

私が支度をすると祖父母はどこへ行きますかと聞かれるので私は「二日間遠足へ行きます」と家を出ました。私達親子はおかしいやらこわいやら、母は、祖父母に見られずに死んだ父の霊に手を合して「家《うち》の恵美子が今日と明日ハイスクールに受験しますから、どうか合格させて下さるように、と拝んだよ」といわれました。母がこのようにして我が子を愛するのを私は聞くだけでも涙がでました。受験を終えて帰った時、友達はにこにこ笑顔になるけれども私は心の中では「たとえ合格はしても行かさんから面白くもない」と思って淋しい気持で一杯でした。愈よ二日目の試験になりました。英語の時間にメガネをかけたせんせいが私の傍《そば》にいらっしゃって「貴方《あなた》は顕一さんの妹ね？」といわれました。

この先生が私の家の事情でも知っていられるかと思って恥かしくてたまりませんでした。口頭試問の時です。私の番がきたのでどきどきしながら行きますと、さきほど私にたずねられた先生でした。先生はにこにこなさって、「あなた顕一さんの妹さんね。そしてあなたが受験するのをおじいさんは不賛成なさったそうですね」

「はい」

「今日くる時おじいさんに相談してきました？」

「いいえ。兄と母に相談して参りました」

「そうか。では親子協力一致して頑張りなさいね」といわれました。これではじめて心がおちつきました。

試験が終って家へ帰って見ますと、兄は待ちかねたらしく坐っていました。私が家へ入るや否や、「どうだった、試験は易《やさし》かった？」と問いました。祖父母がいたのでわたしが目たたきすると、兄はきがついたらしくにっこり笑いました。つんぼの祖父母は、おそらく聞かなかったでしょう。祖父に「今日はえんそくしたので、とてもつかれています」といいますと「行かないで畠《はたけ》へ行った方が良かったさ」といわれました。

それからははっ表をまちかねていますと、土曜日の十一時頃初等学校の妹が一もくさんに走ってきて私の耳に口を向けてこそこそと、「ねえさんが合格したと先生が言われていたよ。それで私は三時間までやってすぐ帰ってきたよ」といいました。妹は又耳にこそこそと、「姉さんは合格しても行かさん筈よ。ほんとにいやなおじいさんね」と言ったので、「おしゃべり」と叱りました。私は妹のいうのを聞いて黙る外はありませんでした。

夕方兄の同級生がやってきて兄に「妹はせっかく合格したのですからどうにかして出してくれよ。私の家に大城せんせいがおいでになっていたのです。そして私にお前の家まで行ってくれと頼まれたのですから、どうにかしてだしてくれよ」と云って帰ってしまいました。それを聞くと母も兄もぼんやりして黙ってしまいました。兄は「もうどうにかしておじいさんにお願いして聞かなけりゃ私は今まで勉強しただけで大丈夫ですから、妹をハイスクールに入学させたらどうですか」と母にいうと母も兄の言葉にびっくりして、「そんなに妹のことを考えてくれるなら、私の考えがある。その代りお前が退学するということは絶対に許しませんよ」と言われたまま、その夜はそのまま寝てしまいました。私はどうしても眠ることができません。母も兄もそうだったでしょう。その晩、祖父は外から大声で歌をうたってきました。家のなかに入るや否や大声で母に「お前は女までもハイスクールに受験させたね。もう許すことができない」といって手こぶしを握って母を打とうとしました。とたんに兄が飛び起きてきてわけを話しましたが聞いて下さいません。もう祖父母は怒られる限り怒って最後に家からでて行け、と言われた。兄もそう言われて覚悟をきめて分家することになりました。兄はあくまでも私をハイスクールへ入学させようとしています。兄が妹の為に退学してまでも私をハイスクールに入学させようとする心持は何んと立派なものだろうと兄妹乍ら尊く思いました。

今は親子四人分家して誰もこごとをいう人もなく幸福な日を暮らすことがで

き、又私がハイスクールへ入学するかと思いますと本当に嬉しくて嬉しくてたまりません。夜になれば兄と机を並べて勉強し、昼は母と一緒に働き乍ら楽しい生活へと進みつつあります。私達の楽しい生活と云いますと、こごとがないことをいいます。なお、父がいれば私達は分家なんかしなくても、それ以上の幸福を得ることができた筈です。今まで私がこのようにしてあくまでも勉強したいという心持が起こったのは死んだ父の力だと思います。

春の幸おとずれ見れば浮き世にいなし父ぞ恋しき

この兄妹の告白を職員室で回覧すると、教師たちは感動の渦に巻き込まれた。私はこれを、たまたま那覇の新聞社が出していた『うるま春秋』という薄っぺらな月刊雑誌に売り込んだ。売り込んだといっても、原稿料が出るわけでもないので、紹介してくださいとお願いするしかなかったが。雑誌はこれを「兄の作文」「妹の作文」と題して、全文を載せてくれた。ただ、私がいまだに悔いているのは、雑誌を余分にもらって、作者たちにあげるべきであったのに、それを怠ったことである。私が若かった——というより、幼かったというべきだろう。せめてもの慰めは、雑誌のバックナンバーがすべて県立図書館に保存されていることである。

県立図書館といえば、私は書斎の整理のために、蔵書の大部分をそこに納めて、「大城立裕文庫」としてもらっているが、そこに教え子たちの作文を、一人一作入れてある。その一作とは、卒業間際の作品で、課した表題は、「あなたはこれからのあなたの人生をどう生きようと思いますか」というもので、提出されたものを返さずに保管してあったのである。いまそこを漁れば、たくさんの夢を語ってもらえるはずである。

6

ガリ版刷りの教科書から脱したのは、一九四八年度の二学期になったときである。文部省から各教科の教科書が沖縄のすべての学校に配られた。教科によっては生徒の全員にゆきわたらず、二人に一冊という場合もあったが、『高等国語』は全員にゆきわたったので、有難かった。

厚さが二ミリくらいで、ザラ紙に活字が新聞活字に毛の生えたくらいの地味なものであった。

教科書は小学一年生からすべてにゆきわたったから、私は雀躍《こおどり》して国語教科書を小学一年生から順次に高校三年まで読んでいって、ひとつ会得したことがあった。

たとえば小学一年生だったかの教科書にあった。

めがふたつ　みみがふたつ
はながひとつ　くちがひとつ
みんなみんな　おなじかお
みんなちがったかお

これは哲学入門の範疇論《はんちゅうろん》だと思ったのである。その伝で、高校三年まで読んでいって面白い体系を見つけることになった。

高校三年を終わるまでに、哲学、文学、美学、社会学などの基礎の基礎が授けられるような体系になっていると、観《み》たのである。もちろんその体系に合うものだけではないが、限られた時間、年数でそれに合うものだけを拾って教えれば、格好の人生入門になるかもしれないのである。

ところが、素直に喜んでいられるものではなかった。

たとえば、高校三年の教科書にとんでもないのを見つけた。小山内薫《おさないかおる》が書いた『「桜の園」の演出者として』と題するエッセイである。新劇なるものを観たこともない、演出なるものを聞いたこともない、いまの沖縄の高校生にこれを理解させるのは大変だ、と思った。それに、チエホフの『桜の園』というものを聞いたこともない高校生がいるのは、沖縄にかぎらないのではないか。

「ロパーヒン君。なぜそこを歩いているのですか」

などという演出家の言葉の意味を理解させることなど、これに答え得るのは東京でも新劇を観ている高校生だけではないか。演出の実地については、そのうち学芸会で私が生徒の演技者に演技をつけるのを、見せることになるが。

一年生の教科書に映画論もあった。私が読んでも深遠すぎる、まるで哲学のような内容であった。かと思うと、岡本《おかもと》かの子の『東海道五十三次』という、エッセイともつかず小説ともつかない、奇妙な文章があって、これは教科書の中身としてみたところ、まったくつかみどころのない文章であって、これは訓詁を除けばどこを捉えてよいのか。

文部省が新制高校というものをどう捉えているのか、旧制中学、旧制高校とどう違うのか、摑《つか》みきれていないのではないか、というのが私の疑問であった。

しかし、なかには楽しめる題材もあった。島崎藤村《しまざきとうそん》の『若菜集』は、朗読させたりして素朴に楽しめたし、『和漢朗詠集』は好きな三首を暗記してこいと宿題を出して、答案提出のように、授業で幾人か指名して暗誦させた。

田部重治《たなべじゆうじ》の登山紀行文を、どう教えようか思案した。訓詁をしたって無味乾燥なものになる。考えて、等高線を作らせた。等高線を習ったかと訊いてみると、いいえという答えであったので、三十分だか一時間だかをかけて、地理の専門家でもないのに、素人なりの頭で教え、それでこの作品の等高線図を宿題にした。いくらか訓詁をしたかもしれないが、これで紀行の内容を十分に把握したであろう、というのが私の期待であった。田部の作品がそれを可能にする緻密なものであったから、私は思いついた。

これらを流し読みして私が思いついたのは、選《え》り分けて読めばよい、ということであった。私の世代は教科書を第一課から順序よく読んでいって、卒業なり進級にあたっては、止まったところで捨てることになってしまった。それでは芸がないと思い、学年初めに目次で選んで○をつけさせ、これだけを読んでこい、あとは読まなくてよい、と言った。その選定には、小学校から中学校を経て、しだいに人生、学問の体系を身につける過程を創ることを考えた。とはいえ、それだけでなく楽しめる題材も選んだ。

生徒はみな喜んでいるようであった。

ここで、教科書の編集に感心したことが一つあった。三年生の教科書の最後の課に、島崎藤村の『嵐』の一部分を切り取ったのがあった。なんの難しいところもない私小説のようなもので、一家族のなかの、子供たちが家を巣立っていく風景である。

次男が自立のためであったか、出ていくのを送る父親の言葉に、

「家が恋しくなったら、時々は帰っていらっしゃい」

というようなくだりがあった。たしか一文の最後のあたりであったと思うが、ここで私はひょいと思いついて、言った。

「軍作業に行って、学校が恋しくなったら、いつでも遊びにいらっしゃい」

卒業間際の生徒がみな頷いた。この編集は凄《すご》いと、私は思った。その予言の通りに卒業後も学校に顔を見せる者がいた。二年後の一九五〇年に琉球大学が古都首里《しゅり》に創建されるまでは大学への進学の道はまだ開かれていなくて、「日本」の

大学へ進むにも、交通不便な上に「海外」扱いであったから、受験できず、一九四八年に五人だけの米国留学派遣がはじまり、一九四九年末にようやく、日本へは医学部だけ進学の道が開かれ、米軍の予算で、いわゆる「米留《べいりゅう》」とよばれたアメリカ留学の制度が生まれたのであった。それでも留学生受験はまだ十分には普及せず、高校を卒業したら軍作業に就職し、たまに学校へ遊びに来るほかはなかった。こう書きおろしてきて、私はつい涙ぐんでしまう。それこそ苦闘の青春の真っただ中にいる彼らを、私はただ見つめるだけであった。

これできっちり三学年の三学期を終えたことが、私をことのほか満足させた。この手はしかし、いまの教育では使えまいと思うのは、単元制による限り、文部科学省の指導要領に従わなければならないだろう、と思われるからである。思えばあのころは、教師が自分の心得ているだけの範囲で、勝手に自分だけの指導要領を作ってよいのであった。

辞書も参考書もなかった。

三年の教科書の初めに『奥の細道』があった。これは難しかった。なかに引用された、かずかずの俳句の解釈が難しかった。

冒頭まもなく、

「草の戸も住みかはる代《よ》ぞ雛《ひな》の家」

とある。

一人の生徒が新学期早々に転校したが、一か月ほど経って遊びに来て言った。向こうの先生が教えたのが、私の教えたのと違う、と言ったのである。おなじ教科書を使っていて、私のほうがすこし進度が早いようであった。

どう教えたのだ？　と訊いてみると、この「雛」をひよこの意味で教えたという。私は「お雛様」の意味で教えた。私は向こうのほうがおかしいと思ったが、その根拠を説明することが難しかった。参考書が手許《てもと》にないのである。沖縄のどこかにはあるのかもしれないが、確かめようがない。

こうして手探りの授業をしたのであった。

三年生の教科書には高度な文学の素材があった。森鷗外《もりおうがい》や夏目漱石《なつめそうせき》がある。豊田実《とよだみのる》の『シェークスピアの女性観』というエッセイもあって、シェイクスピアというものの解説に一時間を割くことになった。豊田先生の見解によれば、シェイクスピアは『ヴェニスの商人』のポーシャが理想的な女性だと言っていることになっていた。のちに英文学者になった米須君が後年に思い出話をしたところでは、あそこで教わった女性観はおかしいと言った。「ポーシャという女は鼻もちのならない女ですよ」と言った。

この講義を教頭の比嘉先生が教室の最後列で傍聴した。彼はもともと農林学校を卒業しただけで、文検を通って旧制中学の国語・漢文の教師免許を持っているのであった。欧米の文学には縁遠いようであった。しかし勉強家であった。戦場を逃げのびながら、壕のなかで拾った英和辞典を大事に持っていた。私が知ったときは、かなりぼろになっていたが、その辞典をAからいちいち書き写しているようであった。新しい教科書には、彼の学識とは縁遠い教材がたくさんあって、とくに西洋文学にかかわるものには、歯が立たないようであった。私の授業を傍聴することで、それを補うようであった。

彼と私が肝胆相照らす材料があった。漢詩を日本語の七五調に訳する遊びである。佐藤春夫《さとうはるお》などがやっていることを私は知っていて、その顰《ひそみ》に倣ったのである。

たとえば、

慈母手中線　たらちねの縫へりし衣に
遊子身上衣　身をつつむ遊子《ゆうし》の門出
臨行密密縫　あたたかき母在す里に

意恐遅遅帰　いつの日か成りて帰らむ
誰言寸草心　春の陽《ひ》の恵み思へる
報得三春暉　若草の心やあはれ

渡水復渡水　はろばろと水の江わたり
看花還看花　をちこちに花の香にほふ
春風江上路　そぞろにも君が家路に
不覚到君家　春風の吾《われ》を送りぬ

といった調子で、十篇《ぺん》くらいも創っただろうか。これを一年生に見せたか三年生に見せたかは、憶《おぼ》えていない。

そのうち、漢文専攻の比嘉先生がおなじことを試みて、二人で競争のように作った。

三年生には訓詁をそっちのけにした授業で、学期試験もそのようにした。試験に、

「教科書を見てよい。ただし、ノートは見てはいけない」

と言ったので、おおかたの生徒は喜んだが、出された問題に唖然《あぜん》としたようだ。

黒板に問題を大きな字で板書したのが、

「閭丘胤《りよきゆういん》の人物を評論せよ」

これは森鷗外の『寒山拾得《かんざんじつとく》』と題する短編からの出題であった。唐代のある寺に寒山と拾得という二人の隠者がいて、それが題名になっているが、短編の内容はこの二人に会いに行った俗物役人の話である。その俗物ぶりにたいする批評を要求した出題であった。

また別の問題に、

「漱石の『硝子戸《ガラスど》の中《うち》』の女の悩みについて記せ」

まことに文学青年の趣味を押しつけたようなもので、無謀だといまになっては思うが、当時は真剣であった。内容探求の授業をしたつもりであるので、それに見合う出題であった。

生徒たちのあいだで、答案の質の差は大きなものであった。最高の成績は、のちに英文学者になった米須君のもので、これは私の期待以上の出来であったので、百二十点をつけた。そんな採点があるかと、数学の前田功先生に笑われた。たしかに数学だけでなく一般の常識では考えられないことであったが、文学では考えられると言って、私は笑った。もっとも、学年末の採点表でそれは通用しないので、百点で抑えたが、私の自己満足だと言えばそれまでのことではあった。

私の授業の質が問われるべきものだったかもしれないが、質の低すぎる答案には零点もあった。これを作文の採点で救うことを考えた。作文の点数は、提出しさえすれば最低で七十五点をつけることにしたのである。試験の成績と平均して、結果として五十点以上になったのを、進級前の成績表につけることにした。作文の宿題を提出しない者がいると、膝詰めで提出を迫った。私のわがままで不当に落第生を出すに忍びなかった。

生徒にどれだけ教科書以上のものを与えるかを考えた。活字は教科書と新聞のなかにしかなかったのである。本はおろか、雑誌さえなかった。しいて言えば、英語版の『リーダーズ・ダイジェスト』と『ライフ』が、毎月たぶん基地から流れてきていた。

『リーダーズ・ダイジェスト』の一章を翻訳して生徒に提供することを思いついた。私とおなじ年配の英語の伊佐先生と数学の前田先生を協力者に抱き込んで、いくつかの章を翻訳した。それを大きめの紙にペンで書き込み、掲示板に貼った。

謄写版もないから、そういう一枚しか作れなかった。掲示板が台風に煽られれば、それまでであった。

掲示板といえば、さきに書いた優秀作文も掲示板に貼りつけて紹介したのであった。

7

二年目に三年生に短歌と俳句を作らせて、コンテストをした。

さきに紹介した「大いなる蘇鉄の蔭に休めけり　百合採りに来て疲れし身体を」の短歌は、このときの作品で、二等にした。

一等は、日ごろは目立たない女生徒の作で、

「漬け菜洗う母の手赤く寒げなり　我は諸煮てお茶をささげぬ」

というのであった。

この女生徒はもとからの農村の出ではなく、もと那覇市の出身であるが、一九四四年十月十日の那覇市大空襲のあとに農村に移って来たのであった。その境遇とまったく農村らしい生活風景とを思い合わせると、感動に値した。

二十年後の一九六八年に、私は南米へ出張した。公務員で沖縄からの移民の資料を集める用務を帯びたのだが、その目的地の一つにアルゼンチンがあった。私の村は移民が盛んでアルゼンチンにもたくさん行っていたが、ブエノスアイレスに教え子が十人ほどいて、歓迎会をもってくれた。

そのなかに、女生徒のころの俳句で一等をあげた者がいた。

「夕立やトタンたたいて過ぎにけり」

農村といわず都市といわず、住宅にトタン葺きが多かった。

そのトタンと夕立をからめた風景が俳句になった。

この句に感心してくださったのが、私の尊敬する国語教師で、「トタンたたいて」という音感がすばらしい、と褒めてくださった。彼女が卒業した後のことであったので、そのことを、アルゼンチンで伝えて喜んでもらった。

短歌といい俳句といい、普通には目立たない女生徒が上位に目立ったのが、私には嬉しかった。

どれも農村の風景と生活から出たものである。その生活を背負って、私の「文学」と取り組んでくれたことが、私には有難いことであった。

8

周囲に手を焼かせる生徒が一人いた。伊集徳郎《いじゅとくろう》である。手を焼かせるといっても、暴れるわけではなく、わがままで協調性がないのであった。クラスの全員がそろって作業に出かけると言っても、頭が痛いとひとり居残り、級長の安里高治を当惑させるのであった。朝礼の整列で並ぶ定位置をはずして私に注意されるのも、彼であった。

籠球のボールを格納庫から勝手に取り出して、ひとりでシュートの練習をしたかと思うと、そのボールを籠球台の傍の草むらに放り投げて、選手たちをまごつかせたこともある。籠球部の選手たちは、無類に規律がよくて、そのセンターは安里高治であるが、このときはさすがに真剣に徳郎を叱った。高治には徳郎のしたことだと見当がついたのである。

これくらいのことで、そんなに怒らなくてもよいじゃないかと、徳郎は反発した。

「籠球は野嵩高校の自慢のスポーツだ……」

と、高治はいつになく高飛車に叱った。「それを勝手に邪魔するのは許さん」

徳郎は顔をゆがめてうつ向いた。高治は予科練帰りで、いつでも同級生を統御する権威があった。級長である上に、籠球チームのセンターであった。

徳郎は私の集落の出身であった。そのお母さんが、ある日とつぜん私を訪ねてきた。息子の徳郎のやんちゃぶりに手を焼いているという。しばしば箪笥《たんす》からお金をかすめとるという。買い物をしようにも物のない時代に、余分な小遣いをどう使うか、不思議であったが、一説にはこんな時代にも博打《ばくち》というものがあったというので、あるいは大人にまじってそれを遊んだということであったか。

「先生さま。私は鬼っ子を生んだのでしょうか」

私の眼の前で泣いて訴えた。二十二歳の私を「先生さま」と呼んで訴えた。

私にはなんとも答えようがなかった。

「なんとかしましょう」

私はこの場でそのような答えしか出せず、大きな宿題になった。

この宿題がなかば解決したのが、秋になっての学芸会であった。

学芸会では、私がひと一倍働くことになった。私は一年ほど前から、那覇にあった演劇研究所に毎週のように通っていたから、いきおい私が中心にならなければならなかった。

演劇研究所に通ったのは、いわば機縁のようなものであった。ある日、授業中に窓の外にあらわれたのが、詩人の仲村渠《なかむらかれ》さんで、私が名前だけを知っている人であったが、私がこの三年間に戯曲を三つ、いずれも懸賞募集に当選したことを知って、研究所に誘ってきたのである。研究所の所長は中今信《なかいましん》先生といって、東京文理大出身で教員養成の文教学校の教員であったのを退職して、那覇で演劇研究所を開いているのであった。

研究所に通うといっても、中城から那覇まで二十余キロを毎日通うわけにもいかないから、毎週日曜日にだけ、トラックに便乗して通い、戯曲の勉強や演技練習などをやっただけである。

一度だけ劇場公演をやったときは、私は稽古をしていないので、キャストに組んではもらえず、木戸で切符のもぎりをやった。そこで勉強になったのが、料金収入のごまかし方であった。つまり、売り場にいるのは劇場側で、木戸ではもぎってためた半券を、たとえば五十枚ずつまとめて、窓口に返し、そこで換算して劇団の分け前をもらう仕組みである。ところが、客のなかには半券をもらおうとしない者がいる。その分を、売り場では二重に売ることができるのである。演劇の勉強はいくらも成果を得たとは思えないが、劇場のごまかしを知って覚えたのは、これも作家の勉強になったと言えようか。

とはいえ、この演劇研究所の体験を生かして——というか、悪乗りに類して、劇を五つも仕込んだものである。どうしてあんな無謀なことを企てたものか。一種の精神の飢餓状況を脱《ぬ》けたかったのかもしれない。全部を私がひとりでかたちにした訳ではない。幾人かの先生がたが、嬉々《きき》として参加し、出しものさえ提案したのである。これもやはり飢餓状況のなかでの集団的衝動なのだろう。

「舞台をどこに造る？」

という疑問が出たかどうか。なんとなく決まったのが、ちょうど職員室の前の広場である。そこに、かつて二教室を造ったように、図工の教師が生徒たちを動員し、木材も調達してきて、舞台を造りあげた。四方に柱を立て、背景の幕だけを張った。前面の幕があったかどうかは、怪しい。観客が地べたに座ることになるが、それが当然だという顔を誰もがした。

劇を五つも組んだのは、歌や踊りを入れなかったからだ。重すぎるという感じを誰も持たなかったのは、歌や踊りを組む先生がいなかったからでもあるが、どのような形であれ、学芸会をするのだという喜びを、誰もが持っていたからだろう。

五つの劇のうち二つを私が演出し、三つを他の先生方にあずけた。その三つのうち二つは、私が戦前に観たことのある演劇を思い出しながら組み、一つをこれもたしか戦前に女学校で上演されたらしい『隅田川《すみだがわ》』を、比嘉教頭先生が組んだ。私は自分がひきうけた二つの演出に精を出すかたわら、おりおり他の三つの進捗状況をたしかめに回った。

私が自分で受け持ったのは二つであった。

奇遇というものか、不思議なもので、出しものの一つの材料が出てきた。誰かがどこかで見つけてきたようで、古い日本文学全集の一冊、有島武郎《ありしまたけお》集があり、そのなかに『御柱《おんばしら》』という一幕戯曲があった。信州《しんしゅう》の諏訪《すわ》神社の御柱の祭りを題材にした劇である。

主人公は平四郎《へいしろう》という一徹ものの大工の棟梁《とうりよう》で、諏訪神社の普請工事を請け負い、やっと工事を終えて御柱の祭りを待っているところだが、その社殿が火事に遭って焼けたところで、その翌日にドラマは起きる。工事には江戸から嘉助《かすけ》という宮大工が来ているが、それが見舞いに来る。嘉助の挨拶を受けながらも平四郎には、火事の原因が嘉助の、平四郎への嫉妬からの放火によるものだと察しがついている。それをめぐって、平四郎は嘉助に嫌味を言いたいのを我慢しつつ、やんわりと不満をのべる。

平四郎　よっく見ろ。……見えたか。……手前もそれが見えねえほどのみじめな腕ではないはずだ。……末代までも。国の宝となろうものを。手前はよくも一晩のうちに灰にしたな。……手前が一人の愚かさから国の宝を滅ぼしたのだぞ。

そう言って、嘉助をさんざんにいじめるが、そのうち怒りは収まり、

平四郎　嘉助親方、おれもいまはひとむきに腹を立てた。年をとると、堪《こら》え性《しよう》が失《う》せるでなあ。お前さまはさっき魔がさしたと言ったが、まったくだ。人間冥利をぶっ超えた仕事をしたばっかに焼け終えたとおもえば、腹を立てるまでもなかっただ。

嘉　助　親方……平四郎親方……私やいまになってはじめて目が覚めやした。済まねえことをしでかしてしまいやした。

平四郎　目が覚めたか。嘉助。いまはただ、出る所へ出て、その届けをさっしゃ

れ。……火事をしでかしたは、どこまでもお前さんの過ちだが、過ちは誰の身の上にもあるものだでなあ。……お前さんの仕事も念の入ったすばらしいものだったに、それをむざむざと焼き終えたお前さまの心を思うと、老いぼれは涙もろいで貰《もら》い泣きになり腐りますだ。……さて、八《やつ》ケ岳《がたけ》、あの向こうが木曽飛騨《きそひだ》の山また山、ここからこれまでは諏訪の湖。そうれ、下諏訪の宿も見えるら。あっこが神宮司村の明神さま、このわきにあるが俺たちの住家だわな。今日は御柱をそこへ引くだ。この身の回りに、四本ぶっ立てるだ。（孫へ）それ、仙太、おじいさまが木やりをやるぞ。

「御小屋《おこや》の山の樅《もみ》の木は里に曳《ひ》かれて神となる——やれえんやらさーのえー」

嘉助、号泣する。

これは最後の場面で、それまでに平四郎の家族の生活がいろいろとあるものの、いま全集を手に入れて読み返したが、その家族の場面はまったく思いだせないし、上演の記憶もない。住宅の場面があるけれども、とうてい舞台を造れるものではなく、思い切って割愛したかと思う。

二人だけの出演で格好の材料に見えた。ただ、これを読み下してきて、引っかかったのは、幕切れにある民謡である。

「御小屋の山の樅の木は里に曳かれて神となる」

これを主人公が歌って幕になるのだが、その曲がなければどうにもならない。信州に手紙を出して調べるなどということのできる時代ではなかった。

私は自分で作曲してしまった。楽譜を書けるわけでもなく、ピアノやオルガンを弾けるわけでもないが、材料が民謡であるから。「口三味線《くちじゃみせん》」で口ずさみを重ねて、なんとなく歌らしいものになった。民謡の雰囲気があればよい、という程度のことであった。無謀なことだが、なんとかなるものであった。もちろん、本当の曲は別にあるはずで、幾十年か後にその本物に出会ったら、もちろん私の作曲とは似ても似つかないものであったが、いまだに私は自分の作った偽物しか思いだせないのである。

時代劇だが、衣装をどうしたか記憶にない。

配役は三学年をすべて見渡して、勝手に選んだ。五つの劇の配役を、学年差を無視して自由な顔ぶれにした。学業成績と関係なく、見てくれの柄で選んだのである。これは画期的なことであったと、のちに話題になることがあった。教育の現場では、伝統的に学業成績のよい生徒を劇に出すのであった。

私にひとつの思い出がある。小学校六年生のときの学芸会で『ああ、わが戦友』というのをやった。たまたま日中戦争がはじまった年で、『少年倶楽部《くらぶ》』にその脚本（富田常雄《とみたつねお》作）が載った。主人公の戦死する兵隊とその戦友の話で、ほかに隊長も出る。配役は隊長の役をふくめてみな秀才である。担任の先生は私の処遇に困ったに違いないと、私は察した。成績はよかったが、体格貧弱で、とうてい兵隊の役を果たせないものと、私は子供心にも自覚した。私は開幕を前に作品紹介の挨拶をする役にまわされた。そのような紹介など必要のないことだが、先生はこれで私の役まわりを作ってくれたことになるのだろう。数十年後に恩師にそのことを言うと、「きみは分かっていたか」と笑っておられたが、たぶん子供心にも配役と役者の柄との関係を理解していたのに違いない。

のちに英文学者になり、私の試験に百二十点をもらった秀才の米須興文君は、級長だけれども演劇には向かないと、はじめから決めていた。幾十年か後に、彼はこの思い出話をして、「あの、学業成績を無視した配役は、世間離れがしていて感心しました」と言ったが、私はごく自然に、迷いなくそれを敢行したのである。

『御柱』の登場人物は二人だけである。正確にいえば、傍役《わきやく》人物が五人いるが、私は書き換えて二人にし、主人公に転校してきた仲里勝也《なかざとかつや》君をあてた。なにしろ恰幅がよく、声もよい。相手役の配役を比嘉正吉《せいきち》にあてたことに驚いた者は多かっただろうと思う。性格は無口で成績もよくはなく、日ごろは目立たない。ただ、精悍《せいかん》な面構えと渋みのある声が、この役柄にぴったりだと、私は見た。それが、折角の配役に感激したか、長い――じつは、それほど長くもないが、彼にとっては長いものであったろう。それとも、主人公の妻や孫の台詞《せりふ》までを綿密に読みこなして、玄人なみの脚本研究をしたということであったか――台詞を徹夜で憶えたと、あとで告白した。このことで私はとても良いことをしたと、自己満足に浸った。

もうひとつ、『或日の蔡温』という一幕劇を出した。私の二作目の創作で、教育連合会の懸賞に当選した作品であった。題名は芥川龍之介《あくたがわりゅうのすけ》の『或日の大石《おおいし》内蔵助《くらのすけ》』をもじったのだが、主人公の蔡温は十八世紀の琉球王国で傑出した政治家である。辣腕でもあったので、政敵も多かったようだ。それにフィクションの相手を配して、政敵の存在を浮き彫りにした。その前に息子との対話で、掛け軸を指して、これは孟子《もうし》の言だと示し、農業の要諦について蔡温の政治論と絡ませる。——このあたりの蔡温やら孟子やらの資料を、当時どこから仕入れたものか、われながら不思議議である。

その息子との問答のなかに、羽地間切《はねじまぎり》の治水工事のことが出て、蔡温の大事業であることが語られるが、そこへ政敵の仲地親方《なかちウエーカタ》が登場して、羽地の工事に仲地の土地が犠牲になっているとして、議論をすることで、蔡温の辣腕と政敵のことが分かる。その夜、刺客があらわれ、息子が戦っているうちに羽地から注進が来て、息子と二人で刺客を取り押さえるが、そこで注進は羽地の工事の決壊を報告する。

蔡温　うむ（と、刺客へ向かい）わしは只今から羽地へ行く。今度の工事はこの蔡温が乾坤一擲《けんこんいってき》の大舞台じゃ。事と次第によっては——いや、——二人とも後を見届けるがよい。放してやれ。

（二人、放たれて逃げる）

おい、（注進へ）お前は早速登城してこの旨の言上をいたせ。松金（と息子へ）そなたも行こう。何の——出来ぬことはない。この蔡温が企てて出来ぬことがあるものか。支度をしろ。おっつけ夜も明けよう。（天を仰ぐ）

——幕

この脚本がガリ版で印刷されたので、今日まで残っているが、いま読み返して気づくことが二つある。一つは、蔡温や羽地治水のことなどをよく知っていたものだということ。郷土史など私たちは学校で教わっていなかったし、ましてや羽地治水のことなど、いつどこで仕入れたかと思わせるほどだ。ただ、この作品を郷土史家の島袋全発《ぜんぱつ》先生へ送って読んでいただいたところ、その返事に「仲地親方というのは実在しないが、戯曲なれば差《さ》し支《つか》え無かるべし」とあって、時代考証というものについて勉強になった。

ただ、劇の構造として伏線がしっかりしていることに、われながら感心している。

もう一つは、二場目で二人の暗殺者を設定したこと。これはフィクションだが、その一人に伊集徳郎をあてた。同級生の誰もが驚いたに違いない。日ごろは皆に手を焼かせる横着者である。ただ私は、この役柄には適任と見たし、これが彼にたいする教育効果にも良いだろうと見たのである。彼のお母さんに「なんとかしましょう」と言ったことを、これで実行できると考えた。

徳郎はこれに感激したらしく、懸命に稽古していたが、本番になって頭が痛いと言いだした。仮病だろうと私は見た。怖気《おじけ》づいたのかもしれない。いつもの横着であるに違いなかった。私は本気になって説教した。お前ひとりが欠けては、劇全体が総崩れになるが、お前はそれで責任をとれるか、と詰め寄り、なんとか復帰させることができた。

伊集徳郎は、とにかく手を焼かせる生徒であったが、二十年ほど経って、私がもちろん結婚もして家も建ててから、突然私を訪ねてきた。牛肉であったか魚であったか、心づくしの手土産《てみやげ》を持っての来訪であった。その後、この来訪が数年もつづいた。私の退職後にしげしげと訪ねてきたのは彼だけである。私への傾倒が最も強かった教え子であったのかもしれない。ただそのうち、若くして他界したと聞いた。

学芸会が終わったのは午後五時ごろであったか。私は下校するつもりで、鞄を手にとったら、「重い！」。私はふと気がついた。忙しさにかまけて、弁当を食べていないのであった。

9

私は二年生の授業を受け持ってはいないが、生徒の幾人かの目立った者とは接触していた。男生徒は両クラスの級長である小橋川慧と安里顕一だが、女生徒はすこし毛色の変わった二人であった。その一人は東京から両親と一緒に引き揚げてきた比嘉真理子《まりこ》で、もう一人は台湾《たいわん》へ疎開していたのを引き揚げてきた、知念尚子《ひさこ》である。ここで二人が親友であったので、目立った。

　その知念尚子と比嘉真理子が連れ立って、職員室にあらわれた。

「先生、応援歌を作ってください」

　というのが、二人の用事であった。

　秋には全島籠球大会があります。それまでに練習することができれば、歌うことができます、と付け加えた。

　とっぴな話には違いないが、私には思いあたることがあった。

　私の家のすぐ隣に小学校がある。去年の夏休みのことであった。ある日曜日に、そこから集団の歌声が流れてきたのを、なんとなく聞いていたら、私が中学時代に作った応援歌に違いなかった。あのころの沖縄の中学校の応援歌は、曲をすべて軍歌や旧制高等学校の寮歌に合わせて、歌詞だけを自前で作ったのだが、耳を澄まして聞いていると、たしかに私の作詞したものであった。

私は中学時代に応援歌を三つ作ったことを思いだした。そのうちの二つがここで歌われて、私に数年前のことを思いださせていた。なるほどと思いいたったのは、いまの高校三年生の大方が、戦前に旧制中学に二年くらいまで出ていたのだということであった。私が中学を卒業した後に入学した生徒たちが、戦争をくぐって新制高校に入ったので、ここで同じ歌を歌いついでいるのだと、分かった。

夏休みに小学校の萱葺き校舎の教室を借りて、懇親会を開いているのであった。私はつい小学校まででかけて、歌を歌った高校生たちに挨拶し、それは私が作ったのだと、触れこんだのである。その噂がここまで流れてきているものだと、分かった。

「では、その歌をきみたちは知っているのだろう……」

と、私は言った。「それを歌えばいいじゃないか」

「違うのを……新しいのを作ってください」

簡単に言うな、と笑ったものの、興味も湧いてきた。

うちの学校のバスケットボールは、全島十八の高校で優勝するにきまっているのです。かならず優勝するとはきまっていませんが、大きな可能性はあります。どこにもない新しい応援歌で、盛り上げたいのです……。二人は真剣な顔を見せた。

「と言ったたって……」

中途半端な応対をしながらも、私は思案しはじめていた。

私たちが中学校で歌い、また私が新しく作ったものだって、軍歌や旧制高校の寮歌のメロディーをそっくり借用したものであった。その伝で新しい応援歌を、ということになると、どこの歌を借用すればよいかだ。

二人と別れるころに、ひとつの思案が生まれた。

「若き血に燃ゆる者

光輝みてる我等《われら》……」

慶應《けいおう》大学の応援歌で、全国で有名になっているはずである。私たちも中学時代になんとなく知っていた。それが沖縄のどの中学でも使われていないというのは、たぶん普通の七五調でないので、替え歌の歌詞が作りにくいのであろう。それに挑戦してみよう、と私は挑む気になっていた。

「くろがねと鍛えし者
　力あまねし我等……」

二人を去らせて、まもなく下校で田んぼのそばの農道を歩きながら、私の頭に自分の歌詞で、借りもののメロディーが流れはじめた。

何日かかけて出来上がり、全校生徒の応援歌練習にかけてみると、他の歌に負けないくらいに、サマになっていた。

秋になって、全島高校籠球大会があって、この歌は生きた。

籠球は排球（バレーボール）とともに、この地域に伝統があった。中城、北中城という二つの村では戦前から伝統的なスポーツである。センターの安里高治、ガードの伊《い》佐《さ》眞之《まさゆき》と新垣《あらかき》清《きよし》、フォワードの謝《じゃ》名《な》堂《どう》誠《まこと》が、いずれも中城、北中城村の出身で、それぞれに目立った。指導教師の体育の小橋川先生が、日本体操専門学校の出身で、籠球の専門家であった。先生も中城村の出身である。柱だけ二本を向かい合わせたバスケットボールのコートで、自信にみちたチームの練習が、日々つづいた。

秋になって、石川高校で決勝戦があった。すべての試合をそこでやったかどうかは、いまでは関係者にしか分からないが、その関係者で存命している者はいないはずだ。全校生徒が、父兄から無償で提供してもらった、もちろん父兄自身が運転する三台のトラックに乗って五十キロも北にある石川市まで、道路の白くけぶる砂塵《さじん》をくぐって、応援に行った。

石川市（現うるま市）は、戦前にはまったく目立たない寒村であったらしいが、戦争の後に捕虜収容所になったために、有名な町になった。そこで全島に目立つほどの高校のバスケットボール大会が行われるというのは、いかにもふさわしいことであった。コートは立派に整備されていて、そこでまことに貧弱なコートで練習してきた野嵩高校チームが、リーグ戦で決勝戦まで勝ち上がってきたと思うと、応援歌のいくつかを作ってきた私としても、人知れぬ興奮をかきたてられた。

ぎっしり詰まった応援席で、私の傍にいる見知らぬ男が「野嵩のガードは凄いからな」と誰かに話しているのを耳にした。野嵩高校のバスケットボールの力は、なんとなく世間で評判になっているようであった。

私は目で探して、伊集徳郎の顔を認めた。かつて、悪さをして籠球のボールを籠球台のそばの草むらに隠したことがあった。それを叱った安里高治がセンターで、颯爽《さっそう》とコートを走りまわっている。応援歌が沸き上がると、徳郎も神妙に和して歌っているのを見て、嬉しかった。
慶應大学をまねた私の応援歌は仕上がっていて、応援歌練習にも他校にないものが、歌われてきた。

くろがねと鍛えし者
力あまねし我等
勝利の青雲　のぞみてここに
潮と進むわが旗ぞ　いまや輝け
見よ青春は　雄々しく立てり
若鷲の羽ばたき高く
いや燃ゆるわが闘志
野嵩、野嵩、陸の王者野嵩

私は歌いながら、比嘉真理子と知念尚子の顔を探した。が、その途中で試合の展開に応じる怒号がふくれあがり、そのつど試合に眼を奪われたりして、ついに探しだせなかった。

リーグ戦の試合は進み、わが校はそのつど勝ち進み、ここでもひとしきり応援歌を歌っているうちに、決勝戦になった。

前原《まえはら》高校を相手にしての決勝戦であった。たしかに見知らぬ男が言ったように、伊佐眞之と新垣清が組んでのガードの動きはめざましく、敵のシュートをまったく阻みきった。

体育の小橋川先生がいつか言っていた、「ロングシュートはテクニカルな手段の劣った者がやることだ」という言葉を思いだすことが度々あったのは、前原高校にそれが多かったからである。

私は元来スポーツが苦手であるが、この学校に勤めるようになって、なんとなくバスケットボールにだけは興味をもてるようになっていた。

全島から応援団がやってきて、コートを囲んでいるなかで、私たちの応援歌が響きわたった。歌いながら私たちはボールとそれを奪いあう選手たちの動きを追い、わが軍のシュートが決まるごとに歓声をあげた。

そして、最後の一発を決めたのはセンターの安里高治であったが、ボールがリングをくぐった瞬間に彼は叫んだ。

「勝ち抜いたぞーっ」

十七回のリーグ戦を勝ち抜いた誇りの叫びであった。

秋の夕日が落ちるころ、私たち応援団を乗せたトラックたちが、つらなって軍道路を走りに走る、その上で、応援歌の声が絶えなかった。寒かった。そのなかで、私たちの声は大気を貫いて響いた。五つほどの応援歌のうち三つは私の作ったものであった。歌いながら泣く者もいた。その歌声と泣き声が、軍道路を走るトラックの上で、うすら寒い秋風にあらがって響いた。

10

一期生の卒業式が忘れがたい。

前日の予行演習のとき、私がすこし時間をもらって全員に達したのは教科書の代金のことであった。

二学期のはじめに文部省から教科書が配給されたが、一冊ごとにわずかながら手数料を求められた。ただ、全員に行きわたったのは、「文学」のほかいくつかであって、課目によっては二人に一冊というのがあり、手数料が全員一律でなかった。私はその徴収の係を言いつけられたが、卒業式までに納めていない者がいた。もちろんわずかなもので、うっかりというに過ぎなかろうが、私にとっては放っておくわけにいかなかった。それを、私はこのときに求めたのであった。

「教科書代金をごまかして卒業したと、言われないでください」

ドッと笑いが沸いて、このユーモアが忘れがたいものになったらしく、翌日までに完済を果たした。

一期生にとって感動的な卒業式になったらしい。

「仰げば尊し」の合唱では、予行演習のときからはやくも、すすり泣きがはじまっていた。そして校歌である。私の作詞で、作曲を裁縫の担任の桃原絹子《きぬこ》先生の知り合いだとかで、石川市の教会の牧師・比嘉盛仁《せいじん》先生に負うたが、その謝礼を差し上げたかどうか、怪しい。作詞の私だって、身内で当然ともいえるが、作詞料をもらってないし、そういう時代であった。牧師の比嘉先生は作曲の趣味を持っていたらしく、「ジープは走る」という米軍風俗を詠んだ軽快な曲を一行だけ私は憶えているが、校歌の曲はもちろん荘重なものである。

一　千代にかしこき名を伝《つと》う
　　宮居ゆかしきうまし野や

仰ぐ聖《ひじり》の松並木
さやけき風の鳴るところ
ああ正大の気を負いて
わが学舎《まなびや》は聳えたつ

という一番の歌詞は、どこの学校にもありふれた学校の立地を詠んだものである。

普天間という土地は、そこに建つ普天間宮で有名である。また、ここを起点として南へ二キロほど延びる松並木は、十八世紀の宰相であるかの蔡温が植えさせたものだと伝えられている。その立地を詠んだのだが、松並木は後年に松くい虫のためにすっかり伐採されてしまった。それでも、校歌は歴然と残っていて、後年にある校長の発案で、校門のなかに石碑が建てられた。この石碑が計画されたとき、校長がわざわざ私へ電話をくださって、表記の正確を期されたのは、奇特なことであった。

二番以下は、次のようにある。

二

われら三年《みとせ》の春秋を
清き誓いをかわしつつ
若き学徒の誇りもて
学びの道にいそしめば
ああ爛漫《らんまん》と咲き誇る
青春の夢幸多し

三

古《ふ》りし歴史を辿《たど》り来て
真《まこと》の道を探るとき
わが双肩に民族の
重き使命を担《にな》いては
ああ澎湃《ほうはい》とおし寄する
熱き血潮のなからめや

四

いざ起《た》て友よ永劫《えいごう》の
叡智《えいち》の星を仰ぎつつ
雄々しき歩調たゆみなく
真理の道をゆく彼方《かなた》

ああ玲瓏《れいろう》と照映ゆる
理想の峰に栄えあれ

いま、思いだしつつ書き連ねては、照れくさいことこの上もないが、二十二歳の幼い理想を詠んだのである。

のちに世界的な英文学者になった米須興文君が、言ったことがある。

「あの時代の、まったく夢のない沖縄で、あの年齢で、わが双肩に民族の重き使命を担いては、という文言が出るということは、まことに先進的なことであったと思います」

言われてみれば、照れるほかはないが、教職につきたいと思ったあの志を思いだすと、まったく照れも衒《てら》いもなかったのである。異民族の支配下でどう生き抜くか、くぐり抜けるか、と思いあぐねて齷齪《あくせく》していた時代だと思えば、無理もないことかとは思うが、私としては、それが生き抜く道を探ることであったし、授業でもそれを思いつつ、それに沿って語ったつもりである。

いま目の前で歌っている教え子たちが、同じ思いでいるのではないか、と心底から思われた。その理想のもとに、校舎も自分たちの手で造ったということを、いままさに思いだしているに違いなかった。

儀式のあと、午後に謝恩会があって、そこで男といわず女といわず、好きなだけ恥じらいもなく、教師の胸に顔を埋めて泣きわめくのが、なんの不思議もなかった。

この興奮は夜にまで続き、卒業生たちのそれぞれの村に帰ってから、あらためて思わせられたのである。

家庭では親が惜しみなくご馳走《ちそう》をつくって、息子、娘の卒業を祝う準備をして、待ち構えているのであった。戦争というより戦場をくぐって、生き延びてハイスクールにまで出したことを誇りに思い、その卒業を祝うのになんの物惜しみもないことが、不思議ではなかった。若い教師たちはなんの遠慮もなく、誘われるままに、卒業生の家に上がり込んで、酒を飲み、ご馳走を食べて、つぎの家に向かったのである。たぶん、夜明けまで待たされた家もあったのではないだろうか。思えば、なんと無作法なことであったか。当の卒業生の多くは、翌日から就職の心配で毎日を送ったはずである。あの習慣が、いつの年までつづいたものか、むろん私は知らない。

11

二年目の夏休みに家庭訪問をした。クラス全員の家庭をまわることはできない。一学期の成績の比較的に劣る者を選んで、二学期には取り返すように、夏休みのうちに頑張れと励ますためである。

ただ、その指名に苦慮した。教室で名指しすれば、成績が劣ることが目立ってしまう。それを避けるために案じて、小さなカードを折って全員に配り、それを開くと休み中に訪問する日付が書かれており、本人だけに分かるようにしたのである。何月何日に誰と誰を訪ねるから、親と一緒に待機するようにと、指図した。

暑い。とくに真っ昼間のことで、バスはないから、汗を流しながら、管下の四つの村を歩いた。距離の全体は八キロもあろうかというほどで、その全部を一日で歩くわけではないが、細切れに五回ほど、一・五キロずつでも歩いただろうか。道路の舗装のまだない時代であるから、風に煽られ土埃《つちぼこり》をかぶりながら歩いた。ときにトラックが来るのを見つけたら、手をあげると乗せてもらえることがある。海沿いの中城では、中国人の運転するトラックがよく走っていた。台湾の軍隊が沖縄に駐屯するアメリカの中古車を買いに来ていた。バンパーに「ＢＯＳＥＩＣＨＩＮＡ」とあるのは部隊の名前であろうと察せられた。背後を見てそれらしい車を見つけると、すぐ前に来るのを見計らって、

「請帯我《チインタイウオー》」（連れて行ってくれ）

と叫んだ。トラックが急ブレーキで停《と》まると、私はすかさずよじ登った。

「あんたはどこの人か？」

「土地の者だ」

これだけの中国語会話で助かることがあった。まったく縁が切れたと思っていた中国語が、思わぬところで役に立った。

普天間街道では、松並木が延々とつづいて美しいけれども、私は埃をかぶり汗をかくばかりであった。

家庭訪問の用件は、成績が芳しくないから二学期には頑張ってほしい、というだけのことであるが、親としては緊張せざるを得ないことであったろう。先生が来るから、いかにもてなすかを考えることになる。しかし、茶菓子などを売っている店はまだない。ありあわせのもてなしの物としては、配給の小麦粉を揚げての天ぷらしかない。それが世間の慣例であった。暑いときに熱いものを食べるの

が、もてなす方ももてなされる方も、負担ではあった。

そのなかで、ある家でヘチマを削って冷や水に漬けたものを出してくださった。これは有難かった。たしか、東京かどこか本土の都市にしばらく暮らした人で、スマートにそういう機転をきかせたものと見えた。

矢崎時男《やざきときお》の家を訪ねたのは、雨の後であった。北谷町《ちゃたんちょう》の岡の上で、岡を登って行って、横丁の路地を入っていくのだが、そこがひどくぬかるんで往生した。なんでももともとは畑だった岡に、戦後になって家を基地にとられた人たちが住宅を建てて集まったものらしかった。前日まで雨がつづいていたから道がひどくぬかるんだ。

時男は留守であった。遊びに行ったと思われた。あらかじめ日程は知らせてあったのにと思ったが、仕方がなかった。親を相手に「勉強をさせてください」程度のことを適当に話しているうちに、姉さんらしい人がとつぜん、傍に置かれているベッドの下をのぞき込んで、「時男！」と叫んだ。二、三度叫ぶと、もそもそと出てきた。家族と一緒になって私も笑い、それから本人も加えて用件は果たした。

最大の問題は喜納清一《きなせいいち》であった。宜野湾の松並木に沿うて、普天間宮の前をすぎ、北中城村の喜納の家までの道中、どのようにして親と本人に話そうか、考えつづけた。父親は倉庫長であった。米軍が食糧、衣類、その他の雑貨を配給制にして、その倉庫を地区ごとに一つ置いてある。この地区の倉庫が北中城村にあり、その倉庫長が清一の父・喜納清忠《せいちゅう》である。真夏の日光に汗をかきながら訪ねて、まずその住宅に驚いた。福木《ふくぎ》の並木にかこまれた百坪ほどの屋敷も貫禄《かんろく》だが、そのなかの住宅がセメント瓦葺きながら、ガラス窓までもついているのが、当節としては威容に見えた。さすが倉庫長だと、会う前から感心した。

その喜納清忠氏が入学試験前に学校に来て、校長に慇懃《いんぎん》に頼み込んだ。息子の清一が受験することになっており、成績きわめて劣等であるが、ぜひ合格させてほしい、というのであった。手土産に二俵の小麦粉をジープで運んできた。菓子や缶詰よりは、このほうが潰しが利くだろう、と前置きのようなことを言って、頼み込んだことが奮っていた。

「中学校を卒業しようというのに、遊ぶ相手が小学校の四年生くらいの子供である。こいつの成長の程度を試してみようと思って、ある日曜日の朝に、百円を持たせて那覇へ行って一日じゅう遊んで来いと言いつけたが、夕方帰ってきたとき、金の使い方を聞いてみたら、昼に蕎麦《そば》を一杯食べたほかは、アイスケーキを一本買って食べただけだと、言うではありませんか。……」

たまたま、校長の傍に立っていた私は、聞いてひそかに、この親に感心した。私の月給が三百円であるから、百円の小遣いというのは驚くに足る。この父親が大物なのかどうか、ひそかに測っていると、校長はそこまで聞いて、手の空いた職員五名を集めて、みんなで聞くことになった。

「情けなくなりましてねぇ。……いつ大人になるのだろうと、心配でならないのです。とりあえず高校に行かせないではおれないのですが、あの調子では普通に受験して、きっと受からないに決まっています。そこでお願いですが、とにかく合格だけはさせてください。卒業はいつまでもよいです……」

私はつい、運び込まれた小麦粉の山を見た。

「六年かかってもよいですか」

すかさず言ったのは、英語の伊佐善助《ぜんすけ》先生であった。私と同年でおなじく学歴はないが、結構英語教師をこなしているようであった。みんなが伊佐先生の顔を見て、半数が頷き、半数が声をあげて笑った。

「結構です、八年でもよいです」

という答えに、こんどは校長をふくめて全員が声をあげて笑った。校長は、この前代未聞の譲歩について、もちろん職員会議にかけたけれども、「合格」の結論を伝えた上で、将来のこととはまったく関係がなく、将来に万一似たような問題が起きても、それに影響はないものとする、と念をおした。この事件や結論のつけ方については、群島政府文教局へ報告しない、という職員全体の暗黙の了解があった。

こうして喜納清一は合格したが、それが私の受け持ちになった。そして、やはり驚き、ある種の感心をしたのはその学期末の成績で、十五科目の点数を合計してなお百点に満たないのであった。ただ面白いことに、零点がひとつもなかった。私は成績表を作り上げると、若い教員だけを集めて、この結果をどう評価するか、意見を聞いた。

「二学期まで見た上で考えようや」

と、伊佐先生が言い、やはり若い数学の前田先生が、言った。

「六年間のうちに、のんびり見ようや」

そうだなと、皆が相槌《あいづち》をうつ傍で、教頭の比嘉先生が、立ったまま茶を飲んでいたが、

「途中で不良化しないように気をつけんといかんな」

と言ったのは、さすがベテランで、皆を頷かせ、納得の表情で解散した。

私は父親の清忠さんがすすめるコカ・コーラを一口ごくりと飲むと、すぐこの話をした。

「そうなんですよ……」

清忠さんは納得して頷いた。

「きょうもどこへ行ったか」

心配であるようなないような表情で呟《つぶや》いた。

高校六年計画という運命の予感を、かみしめている顔であった。そして、

「帰ったらよく言って聞かせます」

それで間にあうという顔になった。

「今日はいくら持たせたのですか」

私はつい訊いた。

「いや。とくに持たせてないです。高校に入ったから、月に五十円の小遣いをやっています」

それをどう使おうと、気にしないという顔をした。

とにかく、十五科目あわせて六十五点という点数を、二学期にはいくらかでも上げるようにしてください、と息子代理の親に言って、この訪問を終えた。

三学期末に七十六点まで伸びたのを見て、私は転職したが、その後十年ほど経ってから、偶然出会った前田先生に聞いたところでは、六年の約束であったが四年で卒業したということであった。それから二十年ほどを経て、また驚いたことがある。ある実業人名簿を見たら、おなじ名前でタクシー会社の社長とあったのである。いかなる経緯でそうなったかを問うよりは、人間の評価というものは単純にはいかない、ということを認識すべきであった。

12

伊集徳郎がある日曜日に私を自宅に訪ねてきた。珍しいことがあるもので、なんの用かと思っていると、一冊の新しい本を私の目の前に置いた。

「何だ、これは」

「先生にあげます」

とっぴな話であったが、とりあえず手に取ってみた。

当節の沖縄では見たこともない、美しい表紙で、「石坂洋次郎『青い山脈』」とあった。

私はつい徳郎の顔と本を見くらべた。まったく似合わない取り合わせなのだ。

「博打で勝ったから、これをもらったのです」

大真面目な顔で真っ正直に言うので、その程度の額の博打のことを叱る気もしなくなって、

「よく、こんな本があったな」

と言った。密貿易船がときどき、近くの久場崎《くばさき》の港に入るので、ヤマトからいろんなものが来るのです、と徳郎は照れもせずに言った。

私はつくずく本を見て、『青い山脈』という流行歌があることを思いだした。作中に流行歌がいくつか入っているのであった。密貿易船の様子など見当もつかず、いつどうして本が入ってくるのか、もはや不問である。

「先生にあげます」

くりかえした。

「きみは読んだのか」

「いいえ」

呆《あき》れたというか、感心したというか。

博打で儲けたというが、小説本一冊を賭けるなどという程度の博打なら、大げさにすることもなかろうと、私は自分に都合よくというか、安易な結論を出して、『青い山脈』をもらった。

そして読みはじめたが、学校を退《ひ》けて夜に家で読みはじめるのは、石油灯火の明かりでは無理であった。私は学校まで持って行って、ひまひまに読んだ。日本社会でその当時よりすこし前の時代設定なので、ちょうど分かりやすかった。物語の舞台が、旧制高校に旧制高女という設定で、これも分かりやすかった。

筋の基本的な設定は、高等女学校で起きた、偽ラブレター事件を発端とする。すこし古い時代で、当時の学校と違うのは、男女別学であることだ。旧制高校という男子環境はもともと沖縄ではなかったけれども、それだけに物語として面白く読めた。旧制高校は、中学校と大学とのあいだに、つなぎの教育の場としてあって、哲学などの一般教養を高めるための学校であった。ほかに専門学校というものがあって、これは大学へ進学の必要もなく、すぐ役に立つ実務の教育機関であった。旧制高校では実務の教育をしないから、そこだけを出て大学へ行かないのでは使いものにならないが、そこを出た者は人間の幅が違う、と言われたもののであった。だから、よそ眼には遊ぶだけが生活かと誤解されかねない。そのかわりに、人間がゆったりしていて、たとえばつきあっていて、気持ちがよい。

小説では、その高等学校の生徒である金谷六助《かなやろくすけ》の家に、女学生の寺沢新子《てらさわしんこ》が、家が貧しい農家なので米を売りに行ったことがきっかけになって、仲良くなる。仲良くなるといってもお友達の程度であるが、その後、一緒に肩をならべて歩いているところを、女学校の同級生に見られてしまう。

寺沢新子のところへ、ラブレターらしいものが送られてくるところから、問題は起こる。

新子にはもちろん身に覚えのないことであって、これはきっと自分が六助と肩をならべて歩いているところを、同級生の誰かに見られて、嫌がらせに偽ラブレターを送りつけてきたに違いないと思い、思案したあげく、一番好きな島崎雪子《しまざきゆきこ》先生に訴える……。

面白いので一気に読めた。そこですぐに、隣席の前田先生に回覧したが、それからなんとなく回覧がつづくうちに、私は脚色らしいものを考えはじめていた。高校演劇として道具立てがそろっていると思われた。大人同士の恋愛らしいものはなく、校医の沼田玉雄《ぬまたたまお》が島崎雪子と共同で、生徒たちの偽ラブレター事件の解決に、努力していく。

島崎雪子は大学を出て女学校の英語教師になったばかりの、聡明かつスマートな女性であるが、新子の訴えをまともに受けとめて、まず書き手を確かめることからはじめる。さいわい、生徒の提出した作文の束があるので、それをいちいちめくって筆跡を照らし合わせたところ、「松山浅子《まつやまあさこ》」という名前を確認した。

　雪子は決心する。

「これは、問題をクラスに持ち出して公の問題にしよう……」

　大学を出たばかりのシャープな女性としては、無理からぬことであった。

　ここに絡んできたのがやはり若い校医の沼田玉雄先生で、テニスを誘いに来たついでに、たまたまこの話を聞いて反対をする。

「僕は仕方がないと思いますな。ね、島崎先生……」

　と、沼田はまともに批判する。「僕もこの土地の人間の一人として、あなたのような進歩的な先生にお願いしたいことは、ここらの生徒がどういう環境のなかに生きているかということを十分に考えていただきたいんです。なるほど新憲法も新しい法律もできて、日本の国も一応新しくなったようなものですが、しかし、それらの精神が日常生活にしみ込むためには、五十年も百年もかかると思うのです。ことにこういう田舎町の女学校では、生徒も農村の子女が多い。彼らはいくら学校で新しいことを教えられても、その生活の根底はやはり封建社会の女性なんです。理論と実践の矛盾が、そのまま彼らの生活なんです。それで、そういう生活に耐えていくには、ある程度馬鹿であることが必要なんです。あなたのようにそう理屈詰めでいかれたら、彼らは自分の生活を叩き壊されたようで、かえって逆効果をもたらすかもしれませんよ」

ここらあたりを読んでいるうちに、いよいよ劇化のイメージは膨らんでいった。沼田が帰った後に、女学生が数人、堂々と闖入《ちんにゅう》してきて、雪子に訴えた。校風を清く美しく保つために、校風刷新のために、というもっともらしい理由を述べて、寺沢新子をしかるべく処分してほしいと、求める。

「女学生が高等学校生と恋愛するのは、いいことでしょうか」

「寺沢さんに、なにか証拠でもあるの？」

「寺沢さんは、その高等学校の生徒と一緒に、二人が夫婦になるのに相性があるかどうか、手相を見てもらったそうです。下級生にそれを見た者がいます」

「あなたがたは同級生よりも、下級生のほうを信用してるのね。では、それはその通りだとして、私から尋ねます。松山さん、あなたは男の学生の名前で、寺沢さんに手紙を書きましたね」

　松山浅子が、とたんに緊張して、動揺をかくし、

「先生。すべて学校のためにやったのです」

「その気持ちは、よく分かります。あなた方の愛校心を、先生は非常に有難いものだと思います。だけど、偽手紙で同級生を試すなんて、そんな下劣な方法で愛校心を表すことが、正しいことでしょうか。ね、皆さん。私たちは同じ学校で一緒に教養を高めるために、勉強しているのです。なぜ、もっと温かい気持ちで、同級生をいたわってあげられないかしら。あなた方の今度の態度は、寺沢さんにたいする好意というより、むしろ侮辱したことになりはしないかしら。私はその気持ちが悲しいと思います」

　そこへ、騒ぎを聞きつけて、校長が顔を出す。

　すると、浅子はヒステリックにしくしく泣き出して、手を焼いた雪子が一応帰るようにと促して、この場は収まる。

　収めたあとで、校長は古風に学校の混乱を憂えて、問題を学校の理事会にあずけることを考える。

　私は、やおら主な配役のイメージを膨らませはじめた。まず、ヒロインの寺沢

新子に比嘉真理子。これが東京から引き揚げてきたことも絡んで、スマートなヒロインに見えた。そして偽ラブレターの書き手の松山浅子には知念尚子をと考えたのは、二人が親友であるからだ。敵同士という役割は、仲良しなればこそ成功し、あと腐れもないと、常識的に考えられるからだ。六助の役に、安里繁雄《しげお》というハンサムな秀才をあてた。沼田先生には、バスケットボールの選手で、指導力抜群の安里高治をあてた。彼は前年の劇で蔡温に扮《ふん》して堂々たる風格を見せた。偶然のことながら、安里繁雄も安里高治とおなじく級長で、出身の集落も同じなのが面白いが、これは物語の筋と関係がない。

一方で新子と六助は、もともとなんの後ろ暗いところもないので、ふつうの明るい友達づき合いをしつづけるが、ある日、高等学校のテニスコートの傍で話し合っているところへ、六助の親友で蛮カラの富永安吉《とみながやすきち》が加わると、話はいよいよ明るくなる。富永はガンちゃんというあだ名で呼ばれて豪放磊落《ごうほうらいらく》ながら、ポケットにはいつでも難しい文庫本を入れて歩いている。旧制高校生のひとつのタイプといえる。

このガンちゃんの配役で、ちょっとしたトラブルに出会った。人物の柄の似た小橋川哲《てつ》をあてたのだが、稽古の途中で、お母さんが亡くなったから出られない、なかなか骨のある好《よ》い男だ」としたのである。

ガンちゃんが蛮カラだという設定を棄《す》てて、「顔つきは貴公子然としているが、切らずに間に合わせてくれたが、一か所だけ六助の台詞を変更することになった。いので、台詞憶えの能率を優先して、喜友名毅《きゆなつよし》に切り替えた。喜友名は期待を裏と言いだしたのだ。配役を替えなければならないのだが、似た柄を見つけられな

新子は偽ラブレターのことで困っていることを訴え、六助と富永が「女学生ってそんなものか」と呆れているうちに、ちょうどテニスをやっていた沼田や、通りかかった雪子が加わり、話は盛り上がって、富永は「この小さな町の封建的な社会を叩きなおさねばならぬ」と息巻き、沼田も大いに同意して、

「とにかく今度の件はこれだけでは収まりがつかない。うちの学校は私立の学校だから、こういう問題はかならず父兄の理事会まで発展するんだ。そうなると我々の敵は生徒だけじゃない。封建的なこの町の社会意識なんだ。そこをよく考えなくちゃならない」

そこへお茶目な一年生の笹井和子《ささいかずこ》が走ってやってきて、ひとつの情報を伝えたのが、来週の水曜日に理事会が予定されているということだ。

「五年生が噂しているんです」

と付け加えた。

「そうだ、しかり、思う壺《つぼ》だ……

沼田先生が自信ありげに、「寺沢さん。もう安心したまえ。もうこうなったら、問題はすっかり君から離れているんだ」

それから、いよいよひとりで張り切るふうに、「僕は理事だから、もちろん出席して頑張る。しかし、僕ひとりではどうしても心細いから、君にも……」

と、ガンちゃんを無理やり身方にひきいれて、「君のいつもの調子でいいんだ。つまり、こんどの事件は地方の封建性を露骨に示したものであるがゆえに、このさい徹底的に校風を改革しなければならないという意味のことを、なるべく難しい言葉でたくさん喋ってもらいたいんだ。これはひとつの威嚇射撃になる。具体的なことにはふれなくていいんだ」

沼田先生は日ごろの暢気《のんき》さもなく、本気になるとかなり説得力があり、聞いている誰もが闘志を燃やしているところへ、新子が突然、

「みなさん、しばらくどこかへ行っといてください」

と、皆を追い払った。松山浅子ほか三名があらわれたのである。新子の前で当然立ち止まり、新子も立ちはだかり、いつもより毅然《きぜん》としているので、たがいに

顔を見合わせ、浅子がなにか言おうとするのへ、新子がつかつかと浅子へ立ち寄り、容赦なくピシャッと頬を引っぱたく。一瞬のことで、浅子たちは二、三歩退くが、なにも言えないうちに、木陰から六助と富永ガンちゃんが出てきて、こっそり浅子たちの背後へまわり、突然、ガンちゃんが異様な声で叫んだ。

「ウオーッ」

新子の勇気と仲間たちの結束であった。

これで、理事会への戦闘態勢ができたようなものである。

さて、理事会であるが、これが珍奇な進行になった。

まず、当然のことに校長の趣旨説明があって、型通りによろしくご討議を、と挨拶をすませて座った途端に、ガンちゃんがすっくと立ち上がり、天井をにらんでおもむろに、

「ゲーテいわく、新しき真理にたいして最も有害なるものは、古き誤りである」

それだけ言って、なにくわぬ顔で座ると、居並ぶ理事の誰もがキョトンとしてなにも言えずにいるが、一人がやおら発言したのは、「とにかく、問題のラブレターを読んでもらおうか」という当然の要求である。

そこで教頭がおもむろに立ち上がり、

「その前にお断りしておきますが、なにしろ重要書類でありますので、一字一句原文のまま読みますから、さようお心得おきください……（そこで一同が頷くのを確認して、おもむろに読みはじめる）ああ、ヘンシイ、ヘンシイ、私のヘン人新子さま。僕は心の底からあなたをヘンしているのです……」

と読み続けようとするのを、さえぎって質問が出る。

「ちょっと、……そのヘンシイ、ヘンシイというのは英語ですかな、中国語ですかな」

教頭はこれに対して、ごもっともな質問ですとばかりに、黒板に大きな字で書いた。

「　変しい
　　恋しい　」

「つまり『恋しい』と書くべきところを、国語力が幼稚でありますために、書き間違えたのであります。でありまするゆえ、ここの一節は正しくは、ああ恋しい恋しい私の恋人新子さま。僕は心の底からあなたを恋しているのです、となるわけでありますが、さきほどもお断り申し上げましたように、なにぶん重要書類であります関係上、一字一句原文のままで……」

　理事たちがいかにももっともらしく頷き、

男A「なるほど……しかし、なんですなあ。恋という字を知らないなんて、戦時中の不勉強のせいもあるでしょうが、まず心細いですなあ」

教頭「ただいま、国語力の低下云々《うんぬん》の話が出ましたが、それとは別に、私は性に関するけがらわしい熟語は、教育上なるべく教えないような方針を持っているのであります」

　ここで沼田が立ち上がり、

「それは間違っていると思います。そういう人生の重大事を、ことに年頃の娘たちの教育から抜くということには、僕は反対です。全然切り離すより、むしろ正しい知識をあたえて、正しく導くことだと思います」

　これを校長が「枝葉の問題だから」とおさえて、教頭に次を促すと、

教頭「ええと、次は……ああ、新子様、あなたの眼は星のように美しく、あなたの唇はバラのように艶やかです。僕の胸はあなたを思うノーましさで一杯です。僕はノーんでノーんで、ノーみ死ぬのではないかと思います……」

これにまた発言が出て、

「また外国語が出ましたな。ノーは英語にもありましたな」

これには教頭は答えず、また黒板に書く。

「　脳み
　　悩み　」

それから付け加えて、

「正しくは悩んで悩んで悩み死ぬ、ということであります」

これに理事たちが「近頃の若者の言葉は……」と辟易《へきえき》して、「そういう舶来交じりの文を読むより、かいつまんで粗筋を」と要求する。

これに教頭が慇懃に答えて、

「では、簡単に読みあげます。つまり、ああ、わしはそなたにラブしている。思い焦がれて死なんばかりである。それじゃによって、そなたもわしの心をくんで、情けをかけてもらいたい。そなたに情けあらば、木曜日の四時ごろ、公園の松林において密会いたそう、というのでございます」

理事（女）「ではそういう手紙を送って、淫らな子を試してみたって、わけですね」

これに、島崎雪子が決然と立って答えた。

「手紙を書いたのも送られたのも、私の受け持ちの生徒ですが、ただいま淫らなという言葉が出ましたが、寺沢新子という生徒は決して淫らな子ではありません。かえって、そういうニセ手紙を書いたほうが淫らなのだと思います」

校長「しかし、方法は間違ったかもしらんが、書いたほうも学校のためを思ってやったことだと言うておるから」

雪子「それは方便です。私が考えますのに、戦前までずうっと学生同士の男女の交際が禁じられておりました。その反動で生徒たちのほうでも、自分たちもひとつラブレターというものを書いてみたい、そういう不純な気持ちを合理化するために、寺沢新子を踏み台に使ったのだと思います」

校長はうつむいているし、父兄は茫然《ぼうぜん》と雪子の顔を見つめるだけである。

ここで女性理事の一人が、話題の材料を発見したとでも言うように、「ひとつ伺いますが、噂によれば、その寺沢新子とかいう生徒は、高等学校の生徒と一緒に歩いていたということですが、ゆくゆくはまともに、その学生の嫁さんになるつもりなんでしょうか」

また、沼田先生の出番が生じた。

「それについて、私から一言申し上げます。私が考えますのに、いったいわが国の人間は、生徒に限らず大部分が、男女に関する限り、頭のなかに色キチガイ的な神経を持っておりまして、若い男女が一緒にいるところを見れば、すぐに怪しいと感じる。これは甚だ悲しむべき片輪な神経であります。結局男女を無理に引き離しておく社会の習慣の然《しか》らしめたところでありまして、一種の社会的な神経衰弱であります。この学校の生徒もそういう不便な社会に育まれたために、いま問題になっております寺沢新子も、そういう社会的キチガイの犠牲になったのであります」

長い弁舌の後に沼田が座るより、一瞬はやくガンちゃんが立ち上がって、沼田以上の演説をはじめた。

「ただいま沼田先生から男女関係の非常に窮屈な風習がわれわれの社会を片輪にしているというお話がありましたが、私も同感であります。みなさんもご承知でありましょうが、私の現在おります学校はその昔、左翼運動華やかだったころ、たくさんの実践運動家を出したことで有名であります。で、私は個人的な関心から、そういう人たちの辿った経路を調べてみたのでありますが、彼らのうち最後までその節を押し通したものは、ごくわずかであります。その原因を考えてみまするに、いろいろあるかもしれませんが、その一つとして、彼らがそのころ政治運動に熱中したのは、理想追求ということのほかに、とにかくスリルを味わいたかった、という単純な動機が多かったためだと思います。極端に言えば胸をドキドキさせるものなら、なんでもよいという気持ちであります。封建的な伝統に抑圧された日本の青年たちは、そうして精力のはけ口を見つけたのであります。もし私たちの生活にもっと沢山の窓が開けられていたとすれば、政治運動にしても思想運動にしても、一般的な教養にしても、もっと健全で自然な発展をとげるであろうと思います。そして、青年男女にとっての生活のはけ口はやはり、相互の健全な交際であろうと思います。発散されないものが頭に上って毒になるような、そういう生活の習慣は、これからも改められていかなければならないと思います」

父兄たちはホッとして、おたがいにささやきあい、

男一（やや低い声で老人に）「お分かりになりますか」

老人「いや、分からん。よう分からんが、なにかしら実に名論卓説じゃと思うと

る。然りじゃ然りじゃ」

こうして、ガンちゃんの戦術は功を奏して、大方の理事たちが煙《けむ》に巻かれているうちに、校長が閉会を宣言し、その前に賛否の決を取ったら、進歩派の勝ちということになった。

そこでガンちゃんがまたすっくと立って、唱えた。

「ゲーテいわく、誤りは表面にはびこり、真理は深く隠されてあり」

この理事会は複雑な議論を楽しく読み進められるように原作で工夫されているが、ただ人物が多いのが脚色の難点で、それをも適当に刈り込みながら、また配役に日ごろは目だたない生徒をうまく使いながら、仕上げることに成功したつもりである。

この理事会のあいだ、新子と六助は海でボートを漕《こ》いでいて、そこへならず者があらわれて二人をからかい、六助が海へ飛び込むのに続いて新子も飛び込み、岸に上がってからもならず者たちとのやり取りが続くなど、原作では新しいリズムが展開するのだが、海のなかのことは芝居にならないと、いつしか私は脚色をしながら読んでいた。二人は海から上がって公園で休むのだが、その場面からが脚色には都合がよかった。

理事会の経過を新子と六助が公園で心配しているところへ、理事会帰りのガンちゃんがやってきて、島崎先生の奮闘ぶりは素晴らしかったと言い、「やっぱり、新子さんは島崎先生の愛弟子《まなでし》だと思ったよ」

新子「いやよ」

富永「いや、ほんとだよ。それで今日僕が感じたことは、僕たちは自らの新しい知性に自信を持つべきだということだ。そりゃ僕たちは、現段階の社会から見れば、多少毛色の変わった存在には違いないさ。だけど僕らはなにもそれに対して僻《ひが》みを持つには当たらないんだ。つまり、僕らは一歩進んだ正しさを持っている。そこに自信をもって堂々と闊歩《かっぽ》すれば、社会はだんだんと目覚めてくるんだ。今日だって、はじめのうちは父兄の馬鹿らしさ加減に、ずいぶんてこずったんだ。だけど、投票の結果はわが軍の勝利なんだ。父兄側にしたって、我々の言った難しい理論は分からなかったかもしれないが、結局は情熱に納得したらしいんだ」

そこで六助も言う。

「僕は子供として、両親が新しい時代に、少しずつ目を覚ましてくれることが嬉しいんだよ。また別の考えかたをすると、各人が自分の身辺のことで僕がやろうとするような小さな心遣いを持っていってこそ、新しい時代が築かれていくので、演壇で民主主義の演説をしたり、単に民主主義の知識を詰め込むだけでは、決して世の中のシンが変わっていくものではないと、思うんだよ」

こうして、三人で共鳴しあっているところへ、悪ガキどもがやってきて、男二人を脅すのだが、六助が奮闘し、ガンちゃんが悪ガキどもを追い払ったところで、わずかに怪我をした六助に新子が取りすがり、「私は六助さんが好きだわ。好きなんだわ」と泣き崩れる。

が、しばらくして新子は我に返って、六助を睨《にら》み、六助も新子を睨み返す。新子は急に泣き出し、顔をおさえて逃げる。六助は形相をかためて、それを見送る。

こうして、事件が若い人たちの新しい知性で解決したところで、おもに島崎雪子が中心になってピクニックを企て、最後の場面は岡の上で、いろいろと総括を話し合うことになる。

岡の上まで来て、まず、六助が、

「島崎先生に聞いていただきたいことがあるんです。そして、寺沢さんにも話があるんです」

「あなたが言いたいことは、おおよそ分かりますわ……」

と、島崎雪子が聡明に受けとめて、「じつは新子さんからも、そのことで訴えられていたところなの。あまり驚いたので、無意識に好きだ好きだと口走ってしまったので、決して三文小説にある男女の会話のような意味ではないんですって。そして新子さんは、あなたがきっと嫌な思いをしているだろうなって、心配していたのよ。それでいまも私たち、外国の小説や脚本でもたくさん読んで、どんな混乱した瞬間の気持ちでも、正しく言い表せるように、言葉を豊富に身につけておかなければならないと、話していたところなの。さあ、これでいいわね。あとはあなた方で、話をつけてくださいね」

島崎雪子の出番はそれだけである。そこへ松山浅子がおずおずと出てくるが、これは雪子が新子に相談して、仲直りさせる場を作ろうというのであった。

そこで、浅子があらためて謝るのへ、新子は意外なことを言う。

「あなたと仲直りをする前に、ひとつだけ条件があるの」

と前置きして要求するのが、眼の前にある木の幹を指して、「ここを引《ひ》っぱたけ」と求めるのである。浅子が言われたとおりに目をつむって、平手で叩いたら、そこには新子の頬があった。浅子が泣き出す。仲直りができたのである。

原作の小説では、若者たちの問題が解決したあと、校医の沼田玉雄が先進的な島崎雪子に求婚し、それが成功するところまで描かれ、そこでは「民主主義」という思想が、男女交際という具体的な問題とからんで、新聞連載の大衆小説の範囲で——というより、そこを高度に乗り越えた啓蒙《けいもう》的な出来栄えになっているが、一作の八割方が若者の倫理を、それこそ明るい物語で紡いでいることに、感心した。有難いことに、大人の男女交際の話より、学生の男女交際の話のほうが、スマートに仕上がっていて、私は読み進めながら、ごく自然に五幕の高校演劇の構想を積み上げていた。

そして出来上がった脚本を『望郷』の脚本とともに職員会議にかけた。『青い山脈』のほうが長いので、形式的にはこちらが後になるべきかとは思うが、会議の結果は『望郷』を後に、ということになって、私は嬉しかった。劇の重さは『望郷』が勝っているので、そのほうが妥当に思われた。

お正月を過ぎてから、二年目の学芸会を催すことになった。

こんどは瓦葺きの屋根をもった教室に、あらたに舞台を造った。舞台造営と美術を図工の照喜納《てるきな》先生に、照明を物理の島袋先生に協力してもらって、これも総動員でかかることにした。創立間もない学校の、三百名の生徒のために、十二名だけの教員が、狭い職員室で、一致協力する雰囲気ができあがっていた。

劇は二つとも私の作品を出した。『青い山脈』のほかに、『望郷』と題する一幕ものを用意した。

『望郷』の物語の背景は疎開先の熊本市の闇市場である。

私は上海の学校を追い出された後、姉が熊本県の阿蘇《あそ》郡に疎開しているのを頼って、そこに引き揚げ、半年間くらした。そこで聞いた話で、熊本市内に闇市場があって、そこに沖縄からの疎開者たちも働いている、ということがあった。その人たちの思いをフィクションで描くことを考えた。

疎開者たちの思いについては、ひとつの強烈な体験がある。福岡へ行った帰りの列車のなかであったが、ある駅で数名の男たちがどやどやと賑《にぎ》やかに乗り込んできた。ところが、その話し声がまぎれもなく沖縄方言である。私は内心唖然とした。沖縄では昭和にはいってから、標準語運動が起こり、学校では方言を話す者にとくに罰則を適用する学校さえあった。県庁の高級な行政官に本土の出身者が多かったせいもあって、極端な例では、一九四三年になると、郷土の伝統芸能である組踊《くみおどり》も標準語でやれという触れが出て、それは無理だと、役者たちが上演を敬遠するということさえあった。民衆生活で、方言への潜在的な愛着はやむを得ないものがあった。私は、一九四六年の十一月に沖縄に引き揚げたが、船のなかで寝たまま思った。「これからは、おおっぴらに方言を喋ることが許される」と。大きな喜びであった。このような喜びが、疎開者や復員者たちにも、共通にあったものと考えてよい。ただ、この汽車のなかのおじさんたちには、もうひとつこだわりというか、特殊な解放感があったと思う。

「沖縄はアメリカになった」

「日本に気兼ねすることはなくなった」

この思いが、倒錯した優越感になって、これも倒錯した望郷の念を包んでいたものと思う。

この望郷の念が、いろいろの疎開者や復員者たちに渦まいていたと思う。熊本市内の闇市場に働く沖縄人のそれを描くことを企て、沖縄教育連合会の懸賞募集に応じ、一等当選をした作品が、『望郷』である。いま、その上演の機会に恵まれたのである。

闇市場で屋台の沖縄そばを商う女性に、美形で作文のうまい女生徒、知念涼《りよう》子《こ》をあてた。そこへ、彼女に思いをよせている沖縄青年に、日ごろから屈強な貫禄を見せている、嘉陽《かよ》田朝義《だちようぎ》という生徒。その弟分の二人。一方で遠景に朝鮮人同士の喧嘩《けんか》を配して、「朝鮮人同士が北と南に分かれて戦うとは、独立したとはいえ、可哀そうなものだ」という台詞を配したのは、熊本では考えたこともないが、沖縄に引き揚げてきたことが、影響したかもしれない。戦災孤児をも配しながら、とにかく沖縄へ帰ることだけに希望を持つということである。最後は「沖縄へ帰ったら……」という台詞になるが、そこで舞台中央に主人公たちが立つと、島崎藤村作詞、山田耕筰《やまだこうさく》作曲の「椰子《やし》の実」の曲が流れ、舞台の前に仕立てられた照明器から、とつぜん深紅のスポットライトが照らすという趣向で、私の若気のなせることだが、当時の沖縄では素人離れした芸であったろうと思う。スポットライトが照らした瞬間に、客席からかすかな叫びがもれた。そして惜しみない拍手が沸いた。戦後になんにも恵まれない大衆の感動であった。

このスポットライトの舞台技術を、私は奄美大島《あまみおおしま》から来た、ドサ回りの劇団から学んだ。生徒たちにも積極的にこの芝居を観るように勧めたが、堅物の校長には、高校生がドサ回りの芝居を観るということが面白くなかったようで、注意を受けたこともあった。しかし私は無視した。校長は私の芝居趣味については、さほどの興味をもっている様子はなかったが、前年の学芸会の素朴ながらの成功で、職員全体が私に任せる気配があり、いざ上演となると、嬉々として舞台装置やら照明やら、全面的に協力してくれた。

『青い山脈』の計画が上演前から校外でも評判になり、稽古中にPTA会長に会ったとき、「きみ、冒険をするそうだね」と言われた。新子が六助に取りすがる場面のことだと、すぐに分かったが、好意的な笑顔であったので、かるく照れ笑いで頷いただけですんだ。

人物が大勢出るので、その配役を楽しむことになった。当初の構想どおり、スマートな新子の役の比嘉真理子の相手役の六助には、なみの性格でハンサムな、安里繁雄という秀才を配し、これもはまり役だと言えた。新子のライバルになる浅子には、比嘉真理子の親友である知念尚子をあてた。

主人公の新子が六助に「私は六助さんが好きだわ」と抱きつく場面は、やはりヒットと言えた。戦後四年目で、男女共学とはいえ、その個人的接触はまだ憚《はばか》られた時代である。それを比嘉真理子は、演技として躊躇なくやりとげた。東京帰りのスマートな演技であった。この劇はのちに脚本が『うるま春秋』に載って読まれたせいもあって、その後、他の二つの高校でやった。その一つを私は観たが、うまく抱きつけないようであった。もう一つを私は観ていないが、やはりうまくいかなかったと聞いた。

偽ラブレターを書いた浅子の役にあてた知念尚子は、いかにも堅そうな容姿が、浅子にうってつけであった。そして、終幕の二人が仲直りする場面で、新子が決着のために浅子に言って自分の頰っぺたを引っぱたかせる場面は、親友なればこそ生《なま》の恨みを生まずに成功したというものである。

当時の挿話がある。おなじころ高校弁論大会があって、そこに出たわが校の弁士がよい成績をおさめたと伝えられた。沼田先生に扮した安里高治がこの弁論大会のことを父に伝えたところ、村会議員であった父が感心して言ったそうである。

「お前など、ひとが書いた台詞をまる暗記して喋っているだけではないか」

結構、高校演劇なりに波乱万丈に仕上がった、一時間十五分であった。

第一幕で、沼田先生があらわれるが、その性格の表現として、ヒョイと机の上に腰をかけさせることにした。この場面のことを、後に比嘉真理子が語ったことがある。

「うちのお祖母《ばあ》さんが言うわけさあ。あの子、うまいねえ。机に飛び乗って座ったりしてさあって。演出というものを知らないからさあ」

お茶目な笹井和子には、役とおなじく眼鏡をかけた小柄な一年生の石田《いしだ》和子を配したが、これもサマになっていた。

やくざな少年たちで、ガンちゃんにすごまれて逃げるちょい役の一人に自分を使ってくれと名乗ってきたのは、伊集徳郎である。

「馬鹿野郎……」

と、私は言葉だけをきびしく、笑顔で言った。「役柄と本物とは違うんだ」

徳郎はハイと素直に引き下がったが、私の言うことが本当に分かったようでもあるし、ただ叱られて引き下がったようなものでもあった。その「本物」という言葉を、自分にひきあてて理解したかどうか、怪しい。原作では相当に悪ガキの青年たちであるが、劇では日ごろは目立たない平凡な生徒たちを使った。


『望郷』は島崎藤村の「椰子の実」の歌で幕が開く。

そして、ナレーション――

「戦いに敗れて一年。ここ九州の一角、熊本市内闇市場界隈《かいわい》。有為転変の浮き世の波に揉《も》まれつくして明日知らぬ命を思う由もなく、ただめまぐるしいその日その日の生活戦線に喘《あえ》ぐ人たちの姿を一場に集めて、地獄と極楽、快楽と悲哀の巷をさまよう世相のあわれさよ。夜も更けて、映画の終わるころともなれば、日中の賑わいもどこかへ消えて、淫乱と喧嘩に無意味な世相を伝えて、何に吠《ほ》えるか弱い犬の遠吠えのほかには音もなく、きびしい残暑もさりながら、やがて来るべき自然の秋を知らせるそよ風にそぞろ人の世の秋も偲《しの》ばれて、ひとしおのあわれをこめる深夜十一時過ぎ――」

終わると、下手《しもて》（花道）から浩吉《こうきち》と三郎の二人が、無頼漢のごとき姿で登場。

浩　吉　夜になると、さすがに静かだなあ。

三　郎　まったく。昼間のうちはあんなにガチャガチャしやがってさ。

浩　吉　もうそろそろ秋だ。今頃は沖縄へ着いた連中もいるだろうなあ……。ちくしょう、なんてこういやに寂しいんだろう。

三　郎　兄貴。元気を出さなきゃ駄目だぜ。――お、あんなところに、まだ誰かいるぜ。うどんでもなんでもいいから、一杯腹を作ろうよ。

浩吉、無言で頷き、ともに屋台に向かう。

浩　吉　姉さん、まだ出来るかね。晩《おそ》いけど、すまないが一杯お世話になるぜ。

と屋台をのぞきこんで「アッ」と小さな声でびっくりする。途端に清子も、

清　子　あら、浩吉さん。

浩　吉　清ちゃんじゃないか。

三郎　あ、清ちゃん。妙なところで会うなあ。

清子　まあ、三ちゃんも一緒に。懐かしいわ。

涙ぐんで、ハンカチをあてる。三人、腰かける。

浩吉　そうか、こんな所にいたか。もしやとは思っていたけど。

清子　恥ずかしいわ、こんな格好で。

浩吉　なあに。みんな同じ秋の夕暮れさ、こんな世の中になりやぁ。だけども う晩いじゃないか。どうしてこんな所にひとりで残っているんだい？ 危ないじゃないか。

清子　え、でもなんだか今日はしばらくこうしていたかったの。虫が知らせたのね。だけど、まさか、貴方《あなた》がたがこんな所まで来ようとは夢にも思わなかったわ。東京からいついらしたの。

浩吉　つい、この前ね。

清子　ずいぶんね。でも、東京のほうが面白いんじゃありません？

浩吉　なあに。どうせ楽しいわが家があるわけじゃないし。瞼《まぶた》の故郷もないし、どこへ行ったって同じさ。

三郎　清ちゃん。東京をすてて熊本あたりまで成り下がってきたのも、少々訳があるんだ。というのは、実は、清ちゃんが熊本へ行ったって話を聞いたもんだから、兄貴がね。

浩吉　馬鹿野郎。余計なことを言うんじゃねえや。

清子　まあ。（多少、羞恥）

浩吉　弟を探しに来たんだって？

清子　ええ。弟がラバウルから復員して熊本にいるって話を聞いたんですの。

三郎　それで、いた？

清子　それが分からないの。ほんとうに帰ってきたのか、来ないのやら、それとも帰ってきて私の分からない所にいるのやら――がっかりしたわ。

うつろな悲しみに満ちた清子の表情と言葉に、雰囲気はいよいよ湿っぽくなる。

浩吉　家があったらなあ。たとい家は焼けても屋敷はなくなっても、ふるさとというものがあったら、生きてさえおれば、かならずそこへ帰って来るに違いないんだ。ただ、俺たちだけは、故郷がないばっかりに、あっちをふらつき、こっちにさまよい、いつの日に落ち着くことがあるのやら、買い出し、闇商売、喧嘩、みんなつまらねえことばかりだ。家さえありゃあ、こんな苦労は……いや、苦労はしたって、明日への希望はあるはずなんだ。

三　郎　兄貴。そんなしめっぽいことを言っちゃ駄目だぜ。清ちゃんが泣き出すじゃないか。そんなことをくよくよ言ったって、はじまるわけじゃないし、それよりか——俺たちだけじゃどうにもならないことは諦めて、毎日毎日元気を出して面白く働けるように考えようじゃないか。俺たちは男だから、どうでもいいんだ。だけど、清ちゃんを苦しめるようなもんだ。清ちゃんを元気づけるのは、兄貴の役目じゃないか。

清　子　まあ、三ちゃん。

浩　吉　(三郎の言葉にやや冷静さをとり戻したように、ほろ苦く笑って)そうか、すまなかったな。昼間は朗らかになるんだけど、夜になるとね。ことに今日はなんとなく……。

三　郎　チェッ、詩人みたいなことを言うぜ。

清　子　あら、つい話に紛れ込んじゃって。うどんを召し上がりません？　冷たいかもしれないけど。

浩　吉　そうだな。ご馳走になろうか。

二人、遠慮なしにどんぶりをとる。

三　郎　清ちゃんのお手並みはうまいもんだな。ほんとに、那覇の三角《さんかく》を思いだすぜ。
清　子　そりゃ商売ですもの。沖縄の味がするって、この闇市でも相当に人気があるわよ。
三　郎　ふうむ。——兄貴、ほんとに清ちゃんをもらったら大儲けだぜ。
浩　吉　馬鹿野郎。余計な口ばかり利きやがる。うむ。まったくうまいなあ。
三　郎　清ちゃんのだから、格別だね。
清　子　よしてよ、三ちゃん。
三　郎　心うれしいときにお怒りあそばすのは、それなんとかのときばっかりだってね。（と、おどける）
浩　吉　それよりお前、健二の奴《やつ》、どうしたろう。
清　子　あら、健二さんも一緒なの。どうしてはぐれちゃったんですの？
浩　吉　一緒に家を出たんだけど、ちょっと知り合いの家によるとか言って、……この辺で落ち合う約束なんだが、野郎、いやに遅いな。何かあったんじゃないかな。
三　郎　俺、呼んで来ようか。清ちゃんのうどんを食うんだって言ったら、健二の奴、飛んでくるぜ。

三郎、どんぶりを置いて立とうとする。

清子　あら、それだけは食べていらっしゃいよ。

三郎　（まごまごする）ええくそ、腹が減っちゃ戦ができねえや。（大急ぎで搔《か》き込んで、そそくさと下手に退場）

清子　三ちゃん、あいかわらず無邪気ね。

浩吉　うむ。仕事はあんまり役に立たないが、彼奴《あいつ》がいるだけで、どれだけ気が休まるかしれないんだ。どんなときだって、どんな所をうろついたって、商売に損をしても喧嘩に負けても、あいつだけが朗らかだ。あいつと居ると、そのときそのとき、なんだか見えない希望をつないでいくような気がするんだ。可愛い奴だよ、まったく。

清子　お友達って、いいものね。

浩吉　いつだったか、俺の友達が酔っぱらって、親も要らねえ、兄弟も要らねえ、ただ友達だけはほしいと言ったことがあるが、いまになってみるとしみじみ考えさせられるなあ。

清子　沖縄に帰って親兄弟もいないとなると、それだけが頼りですわね。

浩　吉　全くだ、だけど清ちゃん。俺たちは未だ本当に希望を失ったわけではないんだ、故郷へ帰るまではな。ところがあれを見てごらん。あれこそ夢も希望もない。可哀そうに、小学校を出るか出ないうちに、独りぼっちだ。あの子たちに友情があるかないか分からないが、しかし、生まれ故郷にいながら、あんな生活をしなければならないなんて、故郷の値打ちがあるだろうか。清ちゃん、俺たちはまだ幸福なんだぜ。少なくとも沖縄にいつかは帰れる。それだけで結構なんだ。それだけで大きな希望じゃないか。

しばらく間。

清　子　だけど浩吉さん。あなたがた、やっぱり時々喧嘩なんかなさるの？

浩　吉　（恥じらって、さびしく笑顔を作る）ああ、時々はね。あちらこちらで内地人だの朝鮮人だのといざこざがあるんだ。

清　子　いけないわ。私もここでしばらく商売しているけど、いままでお互いに仲よくやってきた者同士が、戦争に負けたばっかりに。情けなくって。

浩　吉　ひがみさ。沖縄人だって朝鮮人だって、みんなひがみなんだ。内地人だってひがんでいるんだ。みんな希望を失った連中のひがみなんだ。異民族との戦争がすんだと思ったら、今度は同じ民族同士の喧嘩だ。これがいつまでつづくか分からない。俺も復員してじきは、やけくそになって面白半分に喧嘩もしたが、近頃はだんだん自分ながら浅ましくなってきたよ。

下手（花道）より、三郎と健二、登場。
三郎、舞台入口でポケットからハンカチを出そうとして、財布を一緒に引き出して落とすが気がつかない。

健二　やあ、清ちゃん、久しぶりだなあ。
清子　ほんとに。ずっとお元気？
三郎　（素っ頓狂な声で）兄貴、向こうでなにかまた喧嘩があったぜ。健二の奴、その中に入ろうとするところを、俺が引っ張ってきたんだ。
清子　まあ。喧嘩？（眉をひそめる）
浩吉　さあ、もう晩いぜ、清ちゃん。一杯、健二におごってやれよ。
清子　ええ、待ってたんですわ。（と入れてやり、そこらを片づけにかかる）
健二　（一口食べて）うむ、おいしいなあ。
三郎　そうれ見ろ。

と、汗をふいたり懐に手を入れたりして、ハンカチを再びポケットに入れようとして、あわてる。「おや」とポケットを探りなおしたりする。

浩吉　何か落としたのかい。

三郎　財布がない。おかしいな。そこまではあったが。俺、ひとつ探してくるぜ。

浩吉　よせ。何も入ってねえんだろう。

三郎　彼女の写真が入っているんだ。

浩吉　チェッ。口だけは一人前のことを言いやがる。

三郎、戻ろうとする。このとき、花道からやってきた千鳥足の酔漢、酔眼にも財布を見つけて、拾い上げ、しげしげと眺めている。

（舞台中央）三郎、それを見つけて、

三郎　おい、おじさん。それ俺のだから、返しておくれよ。

酔漢　本当かね。

三郎　本当だよ。そんな中身のないのを取ったって、仕様がないだろう。おふくろの写真が入っているんだ。よこしてくれよ。

酔漢　そうかね。本当にお前さんのなら、仕様がなかろう。（と、あっさり返

す）

三　郎　有難うよ。（と、帰ろうとするのを）

酔　漢　ちょっと待った、兄ちゃん。

三　郎　なんだい？

酔　漢　（内緒話らしい動作よろしく）この辺に女はいないかね。

三　郎　（しげしげと相手の体中を見回してから、にやにやして）そうだね。いないこともないが、ただじゃね。

酔　漢　ほほう、この兄ちゃん、財布を拾ってやってもまだか。よしよし。まあ仕方がなかろう。じゃ、いくら要るんだ？

三　郎　千円貸してくれ。

酔　漢　千円？　ずいぶん吹っ掛けるね。まあ、いいや。じゃ、ちょっとそこまで。

と、三郎を引っ張って、舞台左端まで下がる。屋台の三人は、さっきからこれを見ているが、このとき健二がどんぶりを置いて、立って三郎のところへ行こうとする。こんなのは、ただの酔漢でないのを知っている。

浩吉、腕をのばして健二を制する。

やや緊迫した空気。

酔漢　兄ちゃん。俺はこういう者だ。これでも金が欲しいかね。

もう酔漢ではない。ポケットから証明書を出して見せる。

三郎　ふうむ。熊本警察署巡査、後藤信夫《ごとうのぶお》か。なるほどね。だけど後藤さん。俺はとにかくいま千円要るんだ。貰《もら》うとは言いませんよ。商売にしくじっちゃって素っ裸だ。儲かったら返してあげますよ。こうなったら、あんたも因果だ。助けておくれよ。

後藤　（相手の率直さに、やや微笑をつくりながら）まあまあ、そうむきにならんでくれ。困ったなあ。じつは俺もたかだか巡査の身分だ。金なんか持ってないんだ。夜中によく事故があるんで、まあこうして見回っているんだ。今日は勘弁してくれ。時に兄ちゃん、どこだい？

案外やさしい物腰に、三郎が張合いのぬけた態《てい》で、もじもじしながら、

三郎　沖縄です。

後藤　ふうむ。復員か。まだ若いようだけど。

三郎　予科練です。（だんだん、しみじみした調子に移る）

後藤　そうか——あの連中は君の連れか。

三郎　そうです。
後藤　夜はうるさい。早く片づけて帰ったほうがいいぞ。ここにいま五十円だけ持っている。これをやるから、やけにならんで元気でやるがよい。
ポケットから金を出して、三郎の手につかませ、さっさと下手へ去る。
三郎、呆気《あっけ》にとられて、何か言いたそうに見送っているが、思い切って財布と金をつかんだまま、屋台へ帰る。
健二　あいつはなんだい？
三郎　刑事だ。
健二　刑事？　ふうむ。それでどうしたい？　何か訊いたか？
三郎　(問われても憂鬱な顔をして、口をとがらしている)チェッ。妙な気持ちになっちゃった。
清子　三ちゃん、そのお金、どうしたの？
三郎　これかい？　これ、俺、要らん。清ちゃんにやるよ。(無邪気にぶっきらぼうに、清子の前に置く)
清子　まあ、私だってそんなの要りませんよ。三ちゃん、もらったのなら、しまっときなさいよ。

三　郎　要らん！　そんなのを持ってると悲しくなっちまうよ。
浩　吉　（やにわに金をつかんで三郎のポケットに突っ込んで）持ってろ。
三　郎　兄貴、すまねえ。……畜生、なんて陰気くさくなりやがったんだ。（と、自分自身を叱るように言い捨てる）
清　子　三ちゃん、元気を出さなきゃいけないわ。さっきはあんなに朗らかだったのに。
健　二　なんだ、つまらねえことにくよくよしやがって。
三　郎　お前みたいなぼんくらに、俺の気持ちなんか分かるもんか。
健　二　何言ってやがるんでぇ。妙にはしゃいだり急にめそめそしやがったり。大体、お前なんか覚悟ができてねえんだ。家もなくてぶらぶらしていりゃあ、たまにはそういうこともあらあ。
三　郎　お前みたいに理屈ばかりじゃ、いかねえや。
浩吉と清子、顔を見合わせてニコリとする。
浩　吉　健二、向こうの喧嘩ってなんだい。
健　二　なんだか分からねえ。朝鮮人やら内地人やら、いたようだけど。……行ってみようか。

浩吉　……。
清子　だめよ、喧嘩なんかしちゃ。
健二　清ちゃんにまでそう言われると面目ないけど……。だけど、そんなことでもせにゃ、鬱陶しくってやりきれねえや。ね、兄貴。
浩吉　健二！
健二　え？
浩吉　喧嘩は面白いかい？
健二　面白いんじゃねぇや……。だって……。
浩吉　だって、なんだい？
健二　兄貴、よしてくれよ。兄貴だって同じじゃないか。今更……。
浩吉　健二！　（手を握る）言い訳はやめよう。な、それはみんな言い訳だ。俺たちはいままで、沖縄へ帰るまでだと言い訳していたけど——いや、本当はそうかもしれない。だけど健二。俺はその本当の言い訳に自信が持てなくなったんだ、闇商売も斬りこみも、当座の苦しい生活の凌《しの》ぎだと言えばそれまでだが、これが染みついて、いつまでも執念深く離れなくなりはしないかと、心配になりだしたんだ。

健　二　……。
浩　吉　俺たちはもともとの悪党じゃないんだ。ただ、故郷がないばっかりに、男のくせに意気地がなかったんだ。いいや、故郷がない、家がないということも、みんな言い訳だ。俺たちはいつかは沖縄へ帰るんだ。家も誰もいなくったって、みんなの友達と一緒にやっていくんだ。仲よくな。この希望のあるうちは、どうでもこうでも成り下がりたくねえ。
とたんに、孤児啓太郎が、つんざくように寝言。
啓太郎　姉ちゃん、姉ちゃん。死んじゃあ嫌だ、姉ちゃん。
みな、びっくりして、その方を見る。
三　郎　畜生っ。なんて声を出しやがるんだ。
嫌味ではない。胸にあたるものがある。鼻をすする。啓太郎、起き出して、目をこすりながら、またシクシク泣く。
清　子　ね、坊やの名前、なんていうの？
啓太郎　啓太郎。
浩　吉　坊や、こっちおいでよ。
清　子　さあ、啓ちゃん。おじさんのところへ行って、お話ししましょうね。うどんもあるわ。

啓太郎を連れてもとに戻り、片づけた中から、支度をする。

浩　吉　敬ちゃんはいくつだい？

啓太郎　十一。

浩　吉　姉ちゃんの夢を見ていたんだね。お父ちゃんやお母ちゃんは？

啓太郎　父ちゃんは、僕の生まれないうちに死んじゃったの。母ちゃんは小さいときに死んじゃった。

浩　吉　姉ちゃんは今度の戦争で亡くなったの？

啓太郎　空襲で死んじゃった。（と、またシクシク泣き出す）

清　子　（うどんをすすめ）さあ、腹いっぱい食べてね。浩吉さん、もうよしましょう、そんな話。気の毒だわ、思い出させて。それより勇気をつけてやらなくちゃ。

啓太郎、うどんを食べつつ、徐々に泣き止む。

浩　吉　うむ。――啓ちゃん。このおじさんたちだって、おばさんだって、独りぼっちだけど、みんな朗らかだぜ。泣いたりなんかする者は、ひとりもいやしないよ。

三　郎　俺たちのところへ行こうよ。ね、啓ちゃん。いいお友達さえおれば、ちっとも寂しいことなんかないんだ。

健　二　そうだ、みんな友達だぜ。家はなくたって、啓ちゃんは熊本の人だろう？　親兄弟はいなくったって、友達同士で助け合ってさ、ね。

清　子　ね、啓ちゃん。みんないい人ばっかりよ。おじさんたちは熊本の人じゃないけど、みんな啓ちゃんの本当にお友達になってあげるわ。

みんな、てんでに言いながら、涙ぐんでいる。身につまされる情は何を誘うか。

健　二　兄貴。俺はこの子が無性に可愛くってたまらねえ。なんとか連れて行こうや。兄貴。

浩　吉　そうだ。みんなで仲良く頑張っていこうぜ。

このとき、がやがや言う声。朝鮮人の男、血の滴る腕をおさえて、下手より駆けだしてくる。屋台の連中、ハッと振り向く。三郎、駆け寄って抱える。清子も抱える。

健　二　（後ろから追っ手の来るのを見て）清ちゃん、危ない。片づけて退《の》けとくんだ。

三　郎　どうしたんだ、兄ちゃん。

朝鮮人　すまん。お前はどこの者だ？
三　郎　沖縄だ。お前は？
朝鮮人　俺は朝鮮だ。放してくれ、朝鮮人同士の喧嘩だ。あの野郎、同じ国であ
　　りながら……あいてて……。
三郎、抱えて傍らに寄せ、介抱する。
清子、片づけて啓太郎を後ろにかばいながら、三郎と一緒に介抱する。
この間にバタバタと駆けてくる二人の男。
浩吉と健二、間に立ちはだかる。
男　乙　貴様は誰だ？
浩　吉　誰でもいい。沖縄の者だ。
男　乙　貴様なんかに関係はない。退けてくれ。
浩　吉　そうはいかねえ。退けようが退くまいが、こっちの勝手だ。そちらは朝
　　鮮、こちらは内地か。ふむ。何か訳がありそうだ。
男甲、懐中に手を突っ込む。
と、健二、「野郎！」と叫んでとびかかるや、右手をねじ上げて短刀を奪い取
り、「ほら、三公、投げるぜ」と三郎へ投げる。

三郎、それをかくして、また前の男を介抱する。

健　二　兄貴。最後の喧嘩だ。こいつは引き受けた。そっちを頼むぜ。

の声が聞こえて、格闘はじまる。挌闘の最中に下手より警官五人駆けてくる。うち一人は後藤刑事。割り込んで甲、乙を逮捕する。

後　藤　あとは私が引き受けますから。

と、四人に言えば、四人は甲乙を連れて去る。後藤、ぐたっとなった朝鮮人を抱えて歩む。
三　郎　後藤さん。（と、なにか言いたそうであるが、言えない）
後　藤　（にっこりして）朝鮮人と朝鮮人。南と北だ。その片っ方に内地人が入っている。——沖縄へ帰ったら、しっかりやるんだぞ。
三郎、感極まった表情で頷く。
浩吉、健二、啓太郎、清子、下手へ二人を見送る。その間、無言。
健　二　（独白）朝鮮人、南と北。（空虚な目付き）
浩　吉　国にも帰らないで、よその国でいがみあっているんだ。独立したと言ったって、可哀そうな国だ……。健二、三郎。俺たちは、俺たちは沖縄に帰ったら水入らずで働けるんだ。親兄弟はいなくたって、友達がいるんだ。みんな仲良くやっていくんだ。

みな、いつのまにか浩吉に寄り添う。この台詞の後半に混じって、幕内の合唱低く、台詞を消さない程度に「椰子の実」の歌。楽器との協調如何《いかん》は演出を俟《ま》つ。

合　唱　名も知らぬ遠き島より
　　流れ寄る椰子の実ひとつ
　　　故郷《ふるさと》の岸を離れて
　　　汝《なれ》はそも波に幾月
　　旧《もと》の樹は生いや茂れる
　　枝はなお影をやなせる
　　　われもまた渚《なぎさ》を枕
　　　孤身《ひとりみ》の浮寝の旅ぞ
　　実をとりて胸にあつれば
　　新《あらた》なり流離の憂《うれい》
　　　海の日の沈むを見れば
　　　激《たぎ》り落つ異郷の涙

この途中、適当なところから、

三　郎　ああ、どこかで「椰子の実」の歌を歌っている。
浩　吉　ああ、そうだ。東京にいたころ、よく歌ったっけなあ。
清子は啓太郎を前に抱えて、感慨の瞳。
健　二　兄貴、懐かしいなあ。はじめて清ちゃんの家に行ったときも、歌ったよなあ。……ちょうどこんな晩だった。
浩　吉　椰子の実。俺たちは椰子の実みたいなもんだ。だけどもう、椰子の実みたいに寂しくはないんだ。流される代わりに自分で泳いでいくんだ。みんなして泳いでいくんだ。ああ、沖縄へ帰ったら、沖縄へ帰ったら……。
胸深くしみる歌声に、異なる胸にひとしい思いを抱きしめて、はるか仰げば、満天の星きらめく。
合唱、これまで台詞を消さぬ程度だったのを、今度は最後の張りを見せてひときわ高く、
合　唱　思いやる八重の汐々《しおじお》
　　いずれの日にか国に帰らん
合唱終わらぬうちにしずかに幕、と台本にはあるけれども、幕はない。

ただ。その代わりのように、真っ赤なスポットライトが、舞台中央に寄り添った全員を包んで、観客の一斉の拍手を呼んだ。なにしろ、つい数年前の敗戦直後の話で、しかも、熊本あたりの疎開から帰ってきた人もいたに違いないのである。作者の私自身が、不覚にも涙ぐんでいた。あらためて、出演の生徒たちに感謝の気持ちが湧いた。よくもあれだけの台詞を憶えて、芝居の全編をこなしてくれた。

また、あらためて『青い山脈』の役者たちにも、胸のなかで感謝の拍手を送った。

時間にすれば、『望郷』は三十分ほどで、『青い山脈』の一時間十五分に及ばないが、短い『望郷』のほうを後回しにした効果は十分にあったと、自画自賛したいし、いまはただ、創立二年目の野嵩高校の健闘を祝福したい思いであった。

13

何日か経ったのち、琉球新報の記者が訪ねてきた。

『青い山脈』を那覇の観客に観せてほしい、というのであった。琉球新報の主催で前年から演劇コンクールが催されていた。それに参加してくれと言われたのである。

記者は新田卓磨《にったたくま》君といって、私の演劇研究所の仲間である。私は脚本を脱稿したとき、研究所の先生と幾人かの仲間に見せていて、新田君は学芸会を見たようであった。

「大人の芝居と競争か」

と、私は一応たじろいだが、

「大人といっても素人だけですから」

と言われて、踏み切った。

校長や同僚教員たちの了解を貰うことには、苦労がなかった。ただ、高校生が社会人と同列に競うということに、問題があるかもしれないと、群島政府文教部教学課長の了解をもらうために、私が出かけて行った。教学課長は私の中学時代の恩師であったが、堅物ながらしぶしぶ認めてくれた。

「中央の社会人の演劇と競争することになる」

出演する生徒だけでなく、全校生徒が興味を持ってくれたようであった。

那覇劇場には私だけが親しんでいた。私は、学校に勤めた年から、那覇にあった演劇研究所に通っていた。中城の村から、トラックに乗って、月に何度か通っていた。それに幾つか商業演劇も観ていた。だから、劇場には親しんでいた。とはいえ、こんどはそこを戦場にすることになった。

ここでひとつの問題は、生徒たちを那覇に旅行させることになって、その宿泊をどうするかであった。私ひとりは演劇研究所の先生の住宅に世話になることができるが、生徒たちはそうはいかない。それが、琉球新報の専務さんの家に泊まらせてもらうことになり、有難いことであった。

さて、演劇コンクールであるから、競争相手がある。その一つが、大人の恋愛劇であった。ある場面で若い女性がピアノを弾いているのだが、そこで彼女が呟く。

「そうだわ。私は芸術に生きるんだわ」

その場面を見て、これは強敵だと私は思った。この台詞がいかにも高度な芸術性を帯びているかのように、響いていたのである。

ただ、道行きの場面に鼻白んだ。舞台を円形に一回りするだけでは、古典劇の亜流で芸がない……。

それを横目に見ながら、私の生徒たちはひたすら脚本通りに動いた。

私の兄も観ていたが、あとで聞いたところでは、彼の隣にいた男が呟いていたという。

「あの校長は貧弱だな。しかし、生徒であれくらいの演技ができるとは、見事なもんだ」

じつは、校長の役をつとめられる生徒が見当たらないので、私がつとめたのである。私にとっては、喜んでよいかどうか分からない反応であった。

出しもののすべてが出つくして、講評になり、そこで琉球新報社長が、

「一等、野嵩ハイスクール、『青い山脈』」

と読み上げたときは、私たち全員がびっくりした。

楽屋で皆が確かめあう目をした。私は涙ぐんだ。

「夢ではないかなあ」

と、無邪気に首をかしげる者もいた。新子と六助をからかう不良少年の役で、日ごろは目立たない一年生たちであった。

賞金は五百円であった。これで舞台の幕を作ってくださいと私が校長へ訴えたのは、演劇部の未来を委ねるつもりであったが、その年に転職したあとに聞いたところでは、その賞金の行方は分からなくなったということであった。

高校演劇の『青い山脈』は世間で話題になり、むろん新聞にも載って、私はそれを切りぬいて掲示板に貼った。

ところで、目立たないことながら、急仕立ての演劇部の大勢の生徒たちの那覇での宿泊を助けてくださった琉球新報の専務さんに心からのお礼を申し上げなければならなかったが、その葉書一枚でも送ったかどうか、記憶が怪しい。ただ、受賞したことでせめてもの恩返しになったものと、自分を慰めることにしようか。

なにしろ、新米の高等学校が沖縄一になったのである。籠球の全島一とあいまって、野嵩高校の名が沖縄じゅうに有名になった。その後幾十年か、私は『青い山脈』という言葉をつかわれて紹介されることがあった。

数年後に校名が普天間高校と改められたが、その改称にあたって、この栄誉を残すために改称に反対する者がいたという。とはいえ、そのころにはもはや、バスケットボールも『青い山脈』も、名が消えた――いや、スポーツの影は消えないだろう。

焼け跡時代の私の青春の二年間が輝いていた思い出が、私に残っているだけである。

14

私は就職のときに約束した通りに、二年間で転職することにして、その準備をした。

名残惜しいには違いなかった。一年生のときに教えた二年生が、三年への進級を前にして、また私の授業を受けられると楽しみにしていたらしいが、どこからか私の転職の話が漏れて、留任運動を企てている、という噂も流れた。が私は、若気の至りであったかもしれないが、自分は経済が専門だという観念にこだわってしまった。

転職の準備の最たるものは、最後のご奉公としての入学試験の問題作りである。これもしかし、義務的に考えたのではなく、まったくの楽しみではじめた。居残りたいとは思わなかったが、その代償のような気持ちで、授業と同じような楽しみでかかった。

十一月ごろから取りかかった。そんなに早くからはじめたこと自体、名残惜しさの代わりのようなものであったかもしれない。

中学校の教科書をひろげて、それを全部教えるような気持ちで読み、計算ずくで、ていねいに問題をつくった。

それが出来上がったころに、教科ごとに管下の中学校の教員たちと、この高校の担任教師たちとの打ち合わせ会議があった。試験の方針についての相互理解のための会議である。

中学校の国語教師たちは、出題の範囲を、難しいところをできるだけ省いて狭めたいとの、もっともな希望を述べた。『高等国語』の場合とおなじく、やたらに難しい章があって、それをできるだけ削ってもらおうとする気配があった。

私は言った。

「小学校から高校にいたるまで、体系的に編集された章があるので、その章は出題があるかないかにかかわらず、準備してほしい。高校に入学してからの学習体系にかかわるからである」

中学の教師たちは頷いたが、私の真意をどれだけ理解したか怪しい。彼らはそれぞれの中学校に帰って、校長や教頭に報告して、自分たちの要求をおおむね認めてもらったと、胸を張ったらしいが、上司のなかには、

「そんな相手は、自信をもってのことだろうから、むしろ用心しなければならん

ぞ」

と戒めた人がいたようである。

私はすでに用意済みであった出題の質に自信を持っていたので、その範囲内で、それに抵触しない要求をほとんど呑《の》んだのであった。

内容探求も短文作りも、読み方、書き取り――全般的に常識にしたがって、教科書にある語彙の範囲で出題したつもりである。

たとえば、短文作成の問題に、「根掘り葉掘り」と出したら、答案のなかに、

「畑に行って根掘り葉掘りしました」

とあったのは、私の掘った落とし穴に、ちょうど落ちたのであった。

短文作成にせよ、仮名を漢字にする問題にせよ、子供たちが陥りやすい穴を、私は入念に用意したのであった。

内容探求問題では、とくに入念な落とし穴を用意した。「新聞の作り方」という文章があって、その作り方を説明した上で、「例えば……」と具体的に例示してある。出題では、教科書とは逆にその例示の長文をながながと述べた上で、その「作り方」を箇条書きにすることを要求した。抽象能力の考査である。

私は打ち合わせで、「高校では講義を聞いてノートに取る能力が要る、その可

能性を見る出題をする」と宣言した。それに沿う出題であったが、結果としてこの内容探求の出題に驚いた中学教師が多かったようである。

ただ、反省点もあった。難しい内容探求の問題より、読み方や書き取りなどの易しい問題を最初に持ってくるべきであったかと思う。そして、つくずく反省するのは、校長が、「教師自身が解答を十分間で仕上げられるように、出題すべきだ」と言ったベテランらしい訓戒を、どれほど実行し得たか、という問題である。

採点を終えて、成績の統計をとってみた。問題別、管下中学校別に分類して、それぞれの中学校で、何を重点に受験準備をさせたかを、調べるためであった。短文作成か、内容探求か、書き取りか、振り仮名か、それらについて学校別の比較をしたのである。その結果に面白い問題を発見したのは、中学校別のこの重点の置き方を知ったほかに、零点の答案を五名も出した学校があったことである。「国語」の科目としては、珍しい。その内実を調べてみて驚いたことに、その中学校では三年生の国語教師が、一年間に五人も替わった、というのであった。

この統計を私は、群島政府文教部教学課へ送って、そこから褒められた。私の卒業——転職を認められたようなものだ。

転職する年の一月四日の朝日新聞が、どういう伝手《つて》でか届いていた。その社説を読んでいるうちに、末尾のあたりで閃《ひらめ》いたことがあった。

「これは模擬試験に使える！」

内容探求の問題の素材になりそうであった。

近いうちに「日本」の大学医学部に限っての試験が予定されていた。その準備としての模擬試験を、私たちは用意していた。

私たちの用意にもかかわらず、模擬試験を受けた者はいなかったが、まもなく実施された医学部試験の問題に、なんと私が朝日新聞に見つけた文章が出て私を驚かせた。出題の形式は違っていて、私が試みた内容探求の形式でなく、空欄に漢字を充填する形式であったが、それにしても受験者が私の模擬試験を受けていたら、と私は悔しく思った。転職を前にしての、感傷のひとつであった。

ただ、私に心残りがあった。転職先は琉球貿易庁というところで、中途退学ながら出た学校が東亜同文書院大学で、中国研究のほか商科専門の大学であったから、というためだが、あの転職でよかったかという反省である。貿易庁からひきつづき公務員としても、ひとかどの勤めを果たしたのではあるが、あの教員をつとめた二年間が、完全燃焼というか、生涯で最も輝いていた、という記憶は拭いがたい。それこそ無私かつ感動の二年間であったという記憶がある。

しかしまた考える。あれから何十年か後に、全国に連動して沖縄県下でも沸き起こった、学校の「主任制」騒動は、当時の校長たちにさまざまな被害を及ぼしたようである。主任制とは文部省が考えた、学校の組織改編であるが、教頭の下に「主任」を置くという改編が、現場教師たちに不満をもたらした。支配者がふえることになるからであった。たまたま教師たちに政治的な対立の盛り上がった時期であったことも絡んで、とくに高校現場で陰惨なたたかいの日々が続いたようである。校長のなかには、その心労のせいで歯がまったく欠けた人もいるし、精神障害に見舞われた人もいた。まじめな性格の人ほど、その不幸に見舞われた事例が多かったらしい。

私はおなじ世代であるから、やはり校長になっていたら、おなじような苦労をしたに違いない。

私のあの理想主義的な授業の体系など、文部省のひどく画一的な指導要領に、校長としてどう対処してよいか迷っただろうし、「校長」という職分を如何に守ればよいかに、ひどく苦慮したに違いない。そこで、私の転職が正しかったかどうかを反省する傍ら、人間の生活の歴史をどのように考えればよいか、分からなくなるのである。

退職したあと、数年間は、かつての教え子たちが、折々訪ねてきてくれた。あの感動的な作文を書いて、職員室を騒がせた安里恵美子さんも訪ねてきてくれた。琉球大学に進学していて、のちに小学校の教員になった。あの作文にあった教育嫌いのお祖父さんは、亡くなった後でもあったのだろうか。

とび切りの秀才で大学教授になった米須興文君や小橋川慧君とは、ずっと知識人同士のつき合いが続いている。米須君が他界したとき、私は新聞に求められて追悼文を書いた。

心残りのタネがもうひとつある。自分の採点簿の始末のことである。書斎を整理したとき、蔵書のほとんどすべてを県立図書館に納めたが、そのなかに「THE　ENMACHO」と、若気のなせるわざで、なかばふざけた表記をした採点簿がある。

一学年度に一年と三年をあわせて二百名で、二学年度に同数がいたから、四百名分の採点記録である。ながめていると、氏名の向こうに顔が浮かぶが、それぞれに冷厳な採点が書かれている。百二十点という無謀な採点はともかく、零点もある。さきにも書いたように、試験の点数は零点でも作文の七十五点以上で、落第点をまぬかれさせたということはあるけれども、採点簿には零点がそのまま書かれている。これに私は、恥じ入らないではおれない。私にとっては、どの顔にも一視同仁の愛情を持っているが、この採点簿は差別の顔を映しているかのようである。

思案したあげく採点の欄を黒く塗りつぶした。

後世に奇特な研究者があらわれて、かの百二十点の証拠を探そうと試みるかもしれないが、それに応えることがもはや不可能になった。それには申し訳ないと思うが、もはや仕方がない。私の過剰な感傷あるいはエゴイズムなのであろうか。

私が叙勲をうけたとき、野嵩高校一期生たちが祝賀会を持ってくれたが、そのとき野嵩高校の校歌を合唱してくれた。私が二十二歳で、彼らが三年生のときに創ったのであった。

普天間高校創立六十周年記念誌に、思い出話を求められて、私は喜んで書かせてもらったが、そのなかに、「私の八十年の生涯のなかで、最も輝いた二年間であった」と書いたのは、決して嘘《うそ》ではなかったと、いまでも思っている。

終　章

以上で終わるつもりであったが、つけたりを書かないではおれない材料が出てきた。

最近の情報によれば、高校の国語教育が二〇二〇年度からまた変わる兆しがあるというからである。そして、変わる兆しといっても、これまでの変化どころではなさそうである。これまでの変化は、たとえば単元制への移行にしても、基本的には変わっていないとみてよいだろう。私がそれを無視しようと思えば、できないでもないはずであった。しかし、こんどの場合はそうもいかなそうである。

端的に言ってしまえば、「文学性」を削ろうとするかのようである。私がやってきた道とまるで逆のことをやろうとしている。たしかに私のやり方は行き過ぎであったかもしれない。が、教え子たちに言わせると、「難しかった、しかし面白かった」というのが、最大公約数的な思い出である。それでよいではないかというのが、私の思いである。

国語の授業で、森鷗外の『舞姫』、中島敦《なかじまあつし》の『山月記』、夏目漱石の『こころ』などの文学作品にふれることなく卒業してしまう生徒も出てくるということになる。私のあつかった『高等国語』でいえば、森鷗外の『寒山拾得』、夏目漱石の『硝子戸の中』である。私は『寒山拾得』の主人公である閭丘胤の人物を評論せよ、と試験問題に出したが、こんどの教育改革では、以《もっ》ての外《ほか》ということになるのであろう。ところが、この出題は『寒山拾得』のなかの論理的な構造の分析を求めている。

どだい、文学作品の解釈は、言葉の論理的なつながりを基本として、なされる。抒情詩《じょじょうし》などは、たしかに論理の埒外《らちがい》におかれるものであろうが、小説や随筆は論理で解釈されるべきものであろう。私は『高等国語』を教えるのに、おおむね論理で教えたが、抒情詩にしても解釈を導くには論理を援用しなければならなかった。論理を通してこそ、生徒は抒情の理解に辿りつくのである。授業の基本は暗黙の対話であるから、そうしか選べないのである。『硝子戸の中』の女の悩みは、論理で説いて理解せしめるしかないのであるし、生徒はそれで「人生」を思うようすがにするのである。

こんどの改訂の基本的な動機は、社会のいろいろの手続き書類を読み解き、書くことの修練であるというが、その授業を面白く進め、興味を持たせるのは、楽ではないだろう。それこそ、例文の通り一遍の解釈になるだろうし、生徒に興味を持たせるのは、容易でないと思う。手続き書類というものは、実地の体験にぶつかってこそ興味を持てるものではないだろうか。架空の設定だけで面白い話をするのは、新たな天才を求められるのではないか。

どだい、人間の匂いのしない場面の設定で、面白い話の見つけようがないではないか。これからの国語教師は、どうするのだろう。

私は材料の乏しい時代であったが、思う存分のことをしたと、幸福に思っている。

本書を、登場人物を中心に、贈りたい思いがあるが、幾人かはすでに亡くなっている。わずかに演劇『青い山脈』の思い出をようすがに玉那覇幸仁君がお孫さんの結婚式に招待してくれたので、この上もない感謝の思いを持った。これから出かけようとするところである。

あとがき

九十四歳になっている。

そこで、敗戦直後のことを、小説のかたちで書きはじめたら、つい教員時代のことに、筆が流れてしまった。私の青春を色濃く染めあげたのが、あの二年間の教員時代であったかと思えば、自然の流れであったと言えるかもしれない。

無資格ながら高校教師になりたいと思ったのは、悔しい歴史のなかで青春をすごした、いわゆる戦中派世代のひとりとして、若い世代にこの悔しい体験をさせたくないために、この思いを伝えたかったからである。

もちろん、教師としての職務は教科書の朗読が中心であるが、あの後期戦中世代としての生徒たちは、戦争に追いまくられたせいで、予備知識が乏しく、私自身の貧しい知識のストックをさらけ出すことになったが、一番の秀才であった米須興文君が、どこからあれだけの知識を仕入れたのだろう、と言ったことがある。たしかに、授業でちょっと雑談にそれると、そのなかにふと珍しい言葉が出てきて、それをまた解説して、とんでもない雑談に流れることが、よくあった。それが面白かったらしい。いま私は講演が下手《へた》であるが、当時はうまかったのだろうか。それが彼らを鼓舞することになったようである。

その体験をここに読んでもらいたかった。いまの若い世代にどれだけうまく伝わるだろうかとの、危惧はある。僭越《せんえつ》なお節介かもしれないが、この世代を生きた者としての、恥をしのんでの遺言というか、遺産である。

教え子たちも九十歳にちかく、すでに物故した者も多い。その幾人かにはぜひ読んでもらいたかったな、という悔いもある。せめて、残された家族に読んでもらえればと思う。

縁のつながらなかった読者にも、ああいう時代があったなという意味で、なんらかの思いが伝われば、と願っている。

人名はできるだけ実名をと、こころがけたが、仮名としたところもある。

普天間街道の松並木はみな枯れてしまった。そのかわりの生命になれば、と願っている。

集英社文庫からめずらしく文庫に書下ろしを注文されたのへ、こんなものを提供したが、注文の趣旨に沿ったか、の危惧がないでもない。微意を酌んでいただければと思う。

編集長の江口洋さんと編集者の伊藤木綿子さんにお世話になった。その励ましを得て、一冊は仕上がった。

二〇二〇年二月

大城立裕

解　説——文学青年、本気で勝負する。

千　葉　聡

この本を開いたあなたは、教師ですか？　それとも生徒（または元生徒）ですか？

私は生徒たちから「ちばさと」と呼ばれている高校教師だ。中学校で教えた後、高校に移ってきたが、十数年教え続けても、なかなかいい授業ができない。生徒から悩みを相談されても、一緒になって深く悩むだけで、すっきりと解決に導けない。

教師になってから、学園ドラマ「3年B組金八先生」や「ごくせん」を、心から楽しんで見られなくなった。金八先生もヤンクミも、とにかく格好いい。どんな騒動があっても生徒たちの味方になり、クラスの乱暴者も皮肉屋も、最後には味方につけてしまう。テレビの前で、私は「すべてフィクションだ。現実は、こんなふうに都合よく解決しないよ」とツッコミを入れる。

でも、どんなに批判してみても、心が痛い。どこかで、ドラマの主人公と自分とを比較し、格好いい金八先生になれない自分に気づかされるからだ。「俺は、生徒を悪者にしていたかもしれないな」とか、「もっと本気で生徒に向き合わなければいけないな」とか、試合に負けたあとの反省会のような、やけに悲しい気持ちでテレビのスイッチを消す。そして「あぁ、明日も授業だ」とつぶやきながら毛布をかぶるのだ。

この『焼け跡の高校教師』を手にしたとき、「きっと俺を悲しくさせる本に違いない」と思った。だが、序章で、この小説が事実に基づいて書かれた（という設定になっている）ことがわかると、急に興味を覚えた。

大城立裕は、沖縄出身者で初めて芥川賞を受賞した。沖縄人のアイデンティティーとは何かを模索した受賞作「カクテル・パーティー」は、集英社文庫『セレクション戦争と文学8　オキナワ　終わらぬ戦争』などで読める。作家として活躍するとともに沖縄県の文化行政にも関わり、沖縄県立博物館長を務めるなど、著名な文化人だ。

そんな大城が、二十二歳前後の、たった二年間の教師時代を「私の人生のなかで、最も輝いていたのではないかと、いまでも思っています」と語るのだ。普通は、有名人になってからの華やかな人生が本物で、そうなる前の教師時代なんて、世間一般でいう「黒歴史」として扱うものだろう。

そんなに輝いていた二年間とは、一体どんなものだろう。

嘉手納の米軍司令部で働いていた大城青年は、戦後まもなく、開校されたばかりの野嵩高校の国語教師になる。こう言っては失礼だろうが、この大城青年、見た目はあまりパッとしない。校長役で劇に出演しても「あの校長は貧弱だな」と言われる始末。また、さわやかスポーツ系でもないらしい。

だいたい高校生たちが好きになる教師というものは、笑顔が輝くイケメンか、一緒に遊んでくれるようなスポーツ系と決まっている。そのどちらでもない私は、大城先生に大いに親しみを覚えた。

だが、この新米先生には、文学の力があった。教師になる前に、すでに戯曲を発表していた。教科書が足りないときにも、今までに読んできた本を思い出しながら文学を熱く語る知恵と情熱を持っていた。戦争によって苦しめられてきた若者たちに、これからの社会のあり方を語り、自らの生き方を見つめ直す姿勢を示した。

この本の後半、大城先生が生徒たちとともに演劇をつくりあげるエピソードは、ことに感動的だ。金八先生を楽しめない私が、夢中になって読んだ。大城先生は、生徒たちの性格や資質を見抜き、それぞれの魅力を生かすために脚本を仕上げた。配役決めや練習で、きっと悩みは尽きなかったに違いない。でも、ここに登場する生徒一人ひとりは、大城先生の本気に心動かされ、演劇を通して成長していく。多感な十五歳たちがここにいる。

さて、あまりパッとしない現役教師の私が、なぜこの本の解説を任されたかというと、じつは短歌を書いているからだ。大学院生だったときに短歌研究新人賞を受賞し、それから新聞や雑誌に新作短歌やエッセイを書くようになった。だが、いくら「短歌を書いています」とアピールしても、執筆だけで生活していくのは難しい。そこで私は横浜市の教員になった。胸の奥では「俺は本当は歌人なんだ。今に本を出して、一流の作家になるんだ」と思っていた。

初任の中学校で、授業が崩壊した。今思えば、教師の仕事を甘く見ていた節があった。生徒たちは「ちばさと、キモい」と授業を妨害する。私は「失礼なことを言うな」と声を張り上げる。将来の大作家が、こんな中学生たちにバカにされてたまるか！　なにもかもうまくいかなかった。

光がさしたのは、私が自分のダメなところを認めたときだった。ある朝、生徒たちが「ちばさと、キモい」と騒いだ。私は「もうどうにでもなれ」と思い、生徒たちに言った。

「いいんです」

私が半ば笑いながら言ったので、生徒たちがみんなこっちを見た。

「キモくてもいいんです。キモいのが仕事なんです」

生徒たちは「どんな仕事だよ？」と笑った。私は言った。

「学校の先生って、キモくないとつとまらないんだ。ほら、この学校の先生方を見てみろ。どの先生も、ちょっとずつキモいだろ？」

「ひでーこと言ってる」

「でも、その中でもいちばんキモいのは俺です。俺はキモい教員ランキングの第一位をめざしてるんだよ」

生徒たちは大爆笑。きわどい笑いだったが、クラスの雰囲気はそのときから変わり始めた。

新作短歌が載った雑誌を生徒たちに見せるようになった。「先生、すごい」と感心してくれるかと思ったが、そんなことはなく、生徒たちは「もっと熱いものを書きなよ」「わたしたちのことを書いてよ」と言ってきた。

　そこで今度は、クラスの日常や体育祭のできごとを雑誌に書いた。生徒たちは少し喜びながらも「次は俺を主人公にしてくれ」とか「もっと感動的なものを読みたいな」と言ってきた。そこから、友だち同士のようなあたたかな語り合いが生まれた。

「おはよう」に応えて「おう」と言うようになった生徒を「おう君」と呼ぶ
手を振られ手を振りかえす中庭の光になりきれない光たち
フォルテとは遠く離れてゆく友に「またね」と叫ぶくらいの強さ
「あざーした」は別れの言葉　今、風に真向かいながらここを出てゆく

　いつのまにか生徒たちとの日々をテーマに短歌やエッセイを書くようになり、『短歌は最強アイテム』など、学校の日常を書いた本が刊行された。作品を書くということが、文学そのものが、生徒たちと私を結びつけてくれた。

　大城先生も、演劇を通して生徒たちと深く心を通わせた。文学青年の本気が、若者たちを突き動かしたのだ。舞台の端に座り込み、一つのセリフ、演じ方、作

品の解釈をめぐって、先生と生徒が真剣に向き合ったことが、何度もあったに違いない。「最も輝いていた」二年間は、こうして生まれたのだ。

ここで、大城先生をモデルに短歌を詠んでみよう。

米軍の軍服で山を越えてゆく明日を風にまかせる百合よ
黒ペンキを塗ったベニヤが黒板なり基地業務用白墨《チョーク》を置けば
長台詞《ながぜりふ》を徹夜で覚えてきた比嘉の舞台に立つたび震える眉毛
バスケットの勝利に歌は生まれゆく「見よ青春は雄々しく立てり」

国語教育界では、文学軽視ともとれる改革が進められているが、若者たちに文学作品が必要だということは、これからも決して変わらない。大城先生に比べるとまだまだ甘い（本当に甘すぎる！）私だが、文学が人と人とを結びつけてくれることを信じて、これからも頑張りたい。

学園ドラマを楽しむ余裕も、いつかは持てるようになりたい。

あなたが教師なら、この本は心のお守りになるでしょう。あなたが生徒なら、この本は、人が輝くというのはどういうことかを教えてくれる一冊になるでしょう。

（ちば・さとし　高校教師／歌人）

本書は、「ｗｅｂ集英社文庫」二〇二〇年四月〜二〇二〇年五月に配信されたものを加筆・修正したオリジナル文庫です。

ＪＡＳＲＡＣ　出２００３７３６-００３

※本書の中には差別的な言葉遣いがありますが、著者に差別を助長する意識はなく、作品の世界観や舞台となった時代性を重視し、当時のままとしています。

この作品はフィクションであり、実在の個人・団体・事件などとは一切関係ありません。

集英社文庫

焼《や》け跡《あと》の高校教師《こうこうきょうし》

2020年 5 月25日 第 1 刷
2020年11月25日 第 3 刷

定価はカバーに表示してあります。

著 者 大城立裕《おおしろたつひろ》

発行者 徳永 真

発行所 株式会社 集英社
東京都千代田区一ツ橋2-5-10 〒101-8050
電話 【編集部】03-3230-6095
【読者係】03-3230-6080
【販売部】03-3230-6393(書店専用)

印 刷 中央精版印刷株式会社 株式会社美松堂

製 本 中央精版印刷株式会社

フォーマットデザイン アリヤマデザインストア マークデザイン 居山浩二

ISBN978-4-08-744118-5 C0193